Début d'une série de documents
en couleur

COUVERTURES SUPERIEURE ET INFERIEURE D'IMPRIMEUR

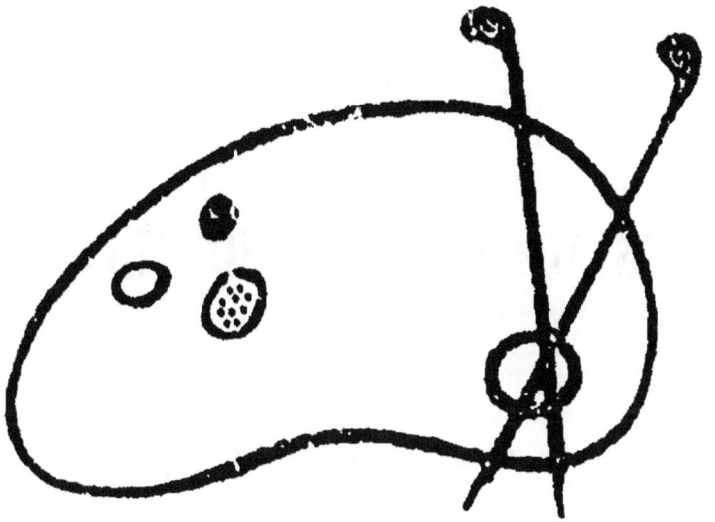

Fin d'une série de documents
en couleur

AVENTURES EXTRAORDINAIRES

8e SÉRIE IN-12.

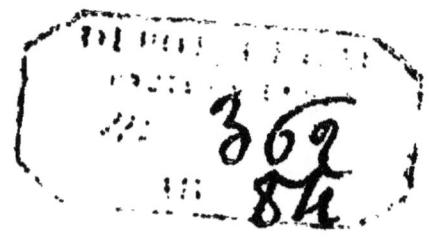

BÉNÉDICT H. RÉVOIL

AVENTURES

EXTRAORDINAIRES

SUR TERRE ET SUR MER.

LIMOGES

EUGÈNE ARDANT ET Cie, ÉDITEURS.

AVENTURES

EXTRAORDINAIRES

La Vengeance du Singe.

C'est à Bornéo que se passe l'histoire que
nous allons raconter. Parmi les singes divers
qui pullulent dans cette partie du globe ter-
restre, il en est de diverses espèces qui appro-
chent parfaitement de l'homme pour la con-
formation de leur tête et de leur facies. A
l'entrée de la nuit, on en voit des familles entières se rendre en procession vers les rivières
pour s'y abreuver et s'y baigner. Toute la
contrée retentit alors de leurs cris rauques et
discordants. On en voit quelques-uns s'approcher des habitations et jouer pendant des
heures entières dans les cours ou jardins avec
ceux de leurs camarades qui ont été pris par

les colons et que ceux-ci gardent enchaînés
Rien n'est comparable à la célérité, à l'aisance et à l'adresse de leurs mouvements,
ainsi qu'à la tendre sollicitude avec laquelle
les mères-singes cherchent à préserver leurs
petits d'un danger qui pourrait les menacer.
Ceux-ci, au moindre bruit insolite, se cram-
ponnent au corps de leur mère qui, s'élançant lestement d'arbre en arbre, les met bientôt en lieu de sûreté.

Les chasseurs ont les plus grandes difficultés à tirer un de ces singes; car, constamment en mouvement, sautant dans toutes les
directions du sommet de l'arbre à travers les
branches, il est assez difficile de saisir le moment de les ajuster. On les surprend quelquefois au clair de la lune, mais il faut faire de
grands détours et prendre l'avantage du vent.
C'est par centaines que ces singes se pressent
sur le même arbre pour y passer la nuit,
comme font les corneilles et les grives en automne dans nos contrées européennes. Il
n'est pas prudent de tirer sur cette masse,
car très-souvent elle se précipite sur son ennemi. Mais le plus souvent elle se retire en
masse serrée quand la détonation s'est fait
entendre. Les singes qui ne sont que légère-

ment blessés sont aidés dans leur fuite par
leurs camarades; ceux qui le sont plus griè-
vement s'attachent avec force, pendant leur
agonie, à la première branche qui se trouve
à leur portée et on les trouve souvent morts
dans cette position.

Les indigènes de Bornéo se servent d'une
méthode très-simple pour prendre ces singes. Ils évident des noix de coco, pratiquent
une petite ouverture ronde dans la coquille
et remplissent celle-ci de fruits de diverses
espèces. Ces noix sont ensuite dispersées sous
les arbres; les singes, après les avoir flairées
et retournées en tout sens, fourrent la patte
— on pourrait dire la main — dans l'ouverture et cherchent à s'emparer de ce qu'elle
contient. Puis ils cherchent à retirer ce poing
fermé, et l'animal est assez stupide pour rester ainsi empêtré, poussant des grands cris,
sans songer à lâcher prise et ne pouvant pas
traîner au loin la lourde noix pour se sauver.
On en prend ainsi un assez grand nombre.

Ces singes, qui son de la grandeur de
l'homme, ont une face longue, un nez large
et assez plat, les os des joues saillants, de
grandes oreilles, le front écrasé et de très-
petits yeux. Leur corps est entièrement re-

couvert de poils roux, à l'exception toutefois
des mains et du sommet de la tête, qui est
orné d'une espèce de culotte.

Les indigènes de Bornéo sont convaincus
que ces animaux sont des hommes condamnés à vivre dans cette dégradation par quelque divinité courroucée, qui les a privés de
la parole. Les Européens sont forcés de con-
venir que, dans aucune espèce de singes, on
ne trouve une intelligence ou, pour mieux
s'exprimer, une raison aussi développée.

Non-seulement ces singes paraissent comprendre tous les signes qu'on leur adresse,
mais encore chaque mot que l'homme pro-
nonce. L'on a remarqué que, lorsqu'on par-
lait devant eux de leur laideur, tous leurs
traits exprimaient le mécontentement intérieur qu'ils éprouvaient.

Les singes de Bornéo aiment la compagnie
des femmes et des enfants. Quand ils peuvent se sauver, ils cherchent à emmener dans
les bois les jeunes filles et les enfants, sans
distinction de sexe, et les emportent de branche en branche avec une adresse et une précaution surprenantes.

J'arrive à l'histoire qui fait le sujet de ce
récit.

En 1860, était venu s'établir à Bornéo un Hollandais nommé van der Brock, qui avait amené avec lui sa femme et deux enfants en bas âge, dont le dernier, une petite fille, était venu au monde pendant la traversée d'Anvers à la colonie.

Les premières années de séjour de monsieur et de madame van der Brock à Bornéo avaient été pénibles. Leurs ressources n'étaient pas grandes : ils vivaient sur la plantation d'un parent éloigné qui leur avait fait bon accueil et leur avait accordé une certaine quantité d'acres de terrain pour y cultiver des cannes à sucre et du riz, le sol étant très-favorable à ce genre d'agriculture

Un jour le vieux parent des van der Brock fit appeler le mari et lui dit :

— Tu viens de subir un temps d'épreuves . je t'ai vu au travail, tu t'es toujours montré assidu et résigné, je veux te prouver, mon ami, que je ne suis pas un cœur ordinaire. Tu seras mon héritier, et je veux que ta fille et ton fils soient élevés comme ma fortune le commande. J'ai fait venir de l'Europe deux personnes érudites et d'une grande distinction : un professeur pour ton fils, une institutrice pour ta fille. Dès demain vous viendrez tous dans ma maison. Tu vois cette construction nouvelle que j'ai fait ajouter à ma résidence. Elle est meublée à l'européenne, et je vous la destine.

Van der Brock remercia avec effusion son bienfaiteur et il alla prévenir sa famille de l'heureux changement de position qui leur arrivait.

Comme l'avait désiré le nabab de Bornéo, les planteurs ses parents déménagèrent au jour dit et vinrent s'installer près de celui qui leur tenait lieu de grand-père.

Le palais du vieux Vanderheim était splendide. Il avait un nombreux domestique et — bizarrerie indispensable à signaler — parmi ses serviteurs, hommes et femmes, il avait introduit deux grands singes, pris très-jeunes dans les bois, domptés et humanisés avec tout le soin possible.

Le plus beau — mais le plus hideux de la paire — était nommé Gombo; il suivait le vieux Vanderheim à la promenade et portait un grand parasol pour préserver son maître des ardeurs du soleil. Sa douceur égalait sa laideur, et jamais il n'avait montré la moindre velléité de mauvaise humeur.

Quand le père d'Éva (c'est ainsi que se

nommait la fille de van der Brock) vint habiter près de Vanderheim, il avait d'abord redouté la liberté donnée à Gombo et à Dandolo, le camarade du grand simien, car on sait que les animaux n'aiment pas les enfants. Mais Éva avait quatorze ans et son frère Georges dix-sept ans; il n'y avait pas de crainte et d'appréhension à concevoir, se dit le colon après avoir réfléchi.

Les premiers mois du séjour de van der Brock avec son vieux parent s'écoulèrent sans le moindre ennui. Tout marchait avec le plus grand ordre, pour l'affection et pour les affaires. On remarquait seulement que Gombo manifestait une très-grande, une trop grande amitié pour la charmante Éva : comme un bon domestique, il se montrait plein d'attention pour la jeune fille et se roulait souvent à ses pieds, comme s'il eût voulu dire à cette enfant qu'il était son esclave.

Cette affection pour l'enfant chérie de van der Brock grandit au fur et à mesure que la charmante Éva avançait en âge. Deux ans après l'entrée des colons chez Vanderheim, Gombo n'obéissait plus qu'à l'enfant chérie et aimée de tous ceux qui s'approchaient d'elle.

Le nabab avait volontiers cédé ses droits sur Gombo à Éva : il se contentait de Dandolo qui portait à son tour le parasol de son maître et lui faisait du vent avec un grand éventail, quand la chaleur tropicale étouffait le vieux colon de Bornéo.

Un matin Gombo, qui allait et venait dans la maison comme l'eût fait un bipède humain, brisa un splendide vase de Chine qui était placé sur une table au milieu du salon de Vanderheim. Celui-ci, qui fut témoin de l'accident, entra dans une colère si violente qu'il saisit un bâton à sa portée et roua d'importance le singe maladroit. L'animal, mis hors de lui par cette correction, voulut d'abord se jeter sur son maître et il l'eût écharpé si on ne l'en avait empêché, car sa force musculaire était sans pareille. Mais les serviteurs de Vanderheim accoururent au secours de leur maître et, après avoir mordu certains d'entre eux, le singe géant se sauva par-dessus les murailles de l'habitation et alla se réfugier au milieu des bois.

Éva se montra très-chagrine de la perte de Gombo. Ce bon animal avait-il donc repris la vie sauvage? Était-il mort? ou, ses instincts s'étant réveillés, allait-il disparaître au milieu des troupes de singes qui pullulaient dans les forêts de l'île?

Deux jours s'écoulèrent depuis l'incident que je viens de raconter, lorsqu'un soir un des serviteurs du nabab vint raconter à son maître qu'il avait aperçu Gombo sur la lisière d'un taillis voisin de l'habitation.

— Il reviendra, dit le vieux colon, et nous ferons la paix.

En effet, pendant la nuit suivante, on entendit les pas de Gombo le long des murs de la maison ; à travers les vitres de la chambre d'Éva, celle-ci aperçut même le grand singe qui examinait la maison et semblait chercher à y pénétrer. Elle ne crut pas prudent d'ouvrir sa fenêtre et elle attendit le matin pour aller à la découverte.

Dès que l'aube parut, la jeune fille descendit dans le jardin, et, remontant un cours d'eau qui séparait la propriété cultivée des grands bois, s'avança le long d'un sentier couvert en appelant Gombo de sa voix la plus douce.

Bientôt elle entendit un bruit de pas sous la feuillée touffue et vit apparaître devant elle Gombo tout mouillé par la rosée, qui accourut vers elle en manifestant des signes de-la joie la plus expansive. La bonne bête se roulait aux pieds de sa jeune maîtresse et faisait claquer sa langue en poussant des cris tout particuliers.

Éva s'avança à la fin vers le singe et le prit par la patte pour lui faire comprendre qu'elle voulait qu'il revînt avec elle à la maison. Celui-ci fit quelques pas, mais quand il arriva en vue de l'habitation il recula et refusa d'avancer. En vain la jeune fille insista-t-elle, toutes ses objurgations restèrent sans effet.

A un moment donné, Gombo prit son élan et, s'emparant de la chère enfant à bras-le-corps, il l'emporta rapidement à cent mètres de là, dans un fourré adossé à une roche moussue.

Éva avait poussé des cris de détresse, puis s'était évanouie, et quand elle reprit ses sens elle vit près d'elle le singe qui veillait comme eût pu le faire un père sur son enfant. La jeune fille se releva et, chancelante, éperdue, voulut s'éloigner; mais Gombo la ramena de force jusqu'au gîte couvert qu'il s'était façonné dans cet endroit écarté.

Il y avait là, rassemblés comme pour provisions, des régimes de bananes, des goyaves, des pamplemousses et autres fruits succulents de Bornéo, si bien que la prisonnière put se rassasier quand elle sentit les étreintes de la faim. Une source coulait par la fissure du rocher, qui servit à étancher la soif d'Éva.

Mes lecteurs comprendront quelles furent les angoisses de van der Brock et de sa femme quand ils ne virent plus Éva reparaître. Le nabab Vanderheim avait envoyé ses serviteurs de tous les côtés à la recherche de sa petite-fille d'adoption. Ceux-ci parcoururent les bois dans tous les sens en appelant leur jeune maîtresse. Toutes leurs recherches furent inutiles.

Le lendemain matin, les perquisitions recommencèrent. Vers midi, un nègre accourut chez Vanderheim et lui dit qu'en se glissant sous les arbres touffus il avait aperçu la jeune fille couchée près de Gombo, qui paraissait endormi.

Cette découverte fut un trait de lumière : on comprit que le grand singe avait enlevé Éva. Dans quel but ? Nul ne pouvait le savoir.

Aussitôt on se mit en chasse, guidé par le nègre, qui prit les devants. Van der Brock,

son fils et les principaux serviteurs de Vanderheim s'étaient armés de fusils, prêts à
faire feu sur le ravisseur dès qu'il serait à
leur portée et que l'occasion serait propice.

La petite troupe s'avançait en bon ordre.
Tout à coup, au détour d'un sentier à peine
tracé, le guide fit halte et montra à ceux qui
le suivaient Gombo blotti dans les branches
d'un grand arbre et tenant entre ses énormes bras l'infortunée Éva évanouie de terreur.

Le grand singe faisait claquer ses mâ-
choires formidables, et ceux qui étaient à sa
poursuite n'osaient ni faire feu sur lui, dans
la crainte de blesser la pauvre Éva, ni s'a-
vancer, dans l'appréhension d'être maltraités
par l'animal, qui paraissait au paroxysme de
la colère.

Van der Brock était au désespoir : il ne
savait quel parti prendre, quand le nègre qui
servait de guide lui glissa quelques mots à
l'oreille.

— Agis comme tu voudras, répliqua le
père; seulement fais attention à ne point
frapper ma fille.

Et l'on vit bientôt le nègre disparaître sous
le fourré, tenant en main un énorme coutelas.

Gombo restait toujours dans la même position, ayant Éva dans ses bras.

Tout à coup derrière l'animal apparut cauteleusement la forme du nègre : les colons et leurs serviteurs ne le perdaient pas de vue; ils l'aperçurent lever son arme et la laisser retomber lourdement sur la tête du grand singe, qui ouvrit et tendit les bras de telle sorte que la fille de van der Brock échappa à son étreinte.

Elle était sauvée.

Reste à comprendre la joie que manifestèrent le père, la mère, le nabab et tous les colons de la plantation, quand la chère créature fut ramenée au milieu d'eux.

Une commotion mentale se manifesta bien pendant quelque temps chez la pauvre Éva ; mais, grâce aux soins d'un docteur renommé elle revint bientôt à la raison et finit par oublier l'horrible aventure dont elle avait été l'héroïne.

M. Vanderheim avait pris peur et ne voulait plus de singes parmi les domestiques de sa maison. Aussi Dandolo fut-il sacrifié. Il fut offert par le nabab à la ménagerie de la Haye et expédié à bord d'un navire marchand qui l'amena en Europe.

La peau de Gombo figure également dans le musée d'histoire naturelle de la capitale de la Hollande.

La Chasse au Lion.

Le plus bel animal de la création, à mon avis, c'est le lion. Il est l'image de la force intellectuelle chez la bête, de l'audace et du raisonnement : de la force, parce que nul mieux que lui ne peut résister à tous les quadrupèdes ; de l'audace, parce qu'il est doué de cette qualité au suprême degré ; et enfin du raisonnement, parce qu'il sait être généreux ou cruel, suivant l'occasion.

De toutes les ménageries connues, de toutes les cages des jardins zoologiques du monde, le plus beau spécimen de lion qui ait jamais existé depuis vingt ans était et est encore, sans contredit, le lion Brutus, appartenant au dompteur Pezon, que tout Paris a vu et admiré. Ce monstrueux animal, qui eût pu, d'un coup de griffe, arracher la poitrine de celui qui le cravachait à certains moments de la représentation belluaire, se contentait de hausser la crinière et de cligner de l'œil, preuve évidente qu'il dédaignait ce sentiment qu'on appelle la vengeance.

Le roi des animaux a, comme qualité inhérente à son espèce, l'affection la plus cordiale pour sa famille et pour ses enfants, mais je n'en dirai pas autant de sa compagne, qui assiste bien souvent, placide et impassible, à un combat entre son « époux » et un rival préféré.

Bref, le lion est un noble animal, et l'on ne doit éprouver qu'un regret à notre époque civilisée, c'est que nos acclimateurs de jardins zoologiques n'aient pas pu dompter son caractère hautain et en faire un ami du foyer.

La race léonine tend à disparaître comme celle de tous les carnassiers dangereux. Nous sommes loin de l'époque où cinq cents lions étaient introduits à la fois dans l'amphithéâtre-cirque de Rome, — lors de l'inauguration du second consulat de Pompée, pour y être massacrés par les bellaires ou déchirés par leurs congénères. C'est Pline qui affirme le fait : on doit le croire.

Les lions africains sont les seuls connus, car c'est seulement sur le sol torride de cette partie du monde que naissent et grandissent les rois des animaux. Les voyageurs dans l'Afrique australe ont publié de nombreuses descriptions de leurs chasses aux lions. Anderson, Gordon Cumming, Jules Gérard, Bombonnel, Chassaing, Chéret, Livingstone ont tous été les héros de ces chasses excentriques qui demandent de l'audace et encore de l'audace. Les récits de ces « entreprises aventureuses » ont été publiés dans des volumes qui, à eux seuls, forment des bibliothèques. Je ne raconterai pas ce que l'on peut trouver dans les livres de ces voyageurs émérites. Je crois plus opportun de donner ici de l'inédit et je trouve cet élément de succès dans la correspondance d'un de mes amis — un héros inconnu — qui a voyagé dans l'Afrique australe et a rapporté de ces excursions lointaines des documents à l'aide desquels on peut intéresser le public le plus blasé.

« La première fois que le rugissement du lion frappa mon oreille, je fus saisi d'une terreur insurmontable. J'étais couché sous ma tente de voyage et je me levai d'un bond pour mieux écouter au dehors.

» Je ne m'étais pas trompé : c'était bien le

cri rauque du roi des animaux. Le quadrupède ne devait pas être à plus d'un mille de
notre campement. Je compris que le carnassier avait senti les émanations de nos chevaux et des bœufs destinés à traîner les
chariots sur lesquels se trouvait notre ba-
gage. Il fallait se mettre en état de défense,
et j'ordonnai à mon guide boschiman de
prendre les précautions nécessaires. Il se
hâta de faire resserrer le cercle formé par les
véhicules, au centre desquels il ramena les
moutons et les bêtes de trait. Cela fait, nous
attendîmes, perchés sur les chariots, l'approche du ou des carnassiers, car il nous semblait que les ennemis de notre repos étaient
en nombre.

» Les rugissements léonins se rappro-
chaient de plus en plus ; à un moment donné,
cependant, le silence se fit. C'était une menace imminente : le danger était devant nous.
Mais où le voir, où le deviner? La nuit était
obscure, quoique parfois la lune se montrât
à travers les nuages. Pendant une de ces
« éclaircies, » un natif placé près de moi pour
me passer mes armes de chasse et les char-
ger au besoin me poussa le coude et me dit
dans son langage :

» — Là ! derrière cet arbre touffu, à droite il est là. C'est un *mangeur d'hommes.* »

» Je regardai : en effet, un énorme lion, rampant à travers les jungles, s'avançait dans notre direction. Un rugissement épouvantable retentit de nouveau, qui me fit frémir de la tête aux pieds.

» Je distinguai aussitôt les cris de deux de mes Boschimen, et un instant après l'un d'eux, nommé Ruft, arriva en courant près de moi, sans pouvoir prononcer une parole, tant sa terreur était grande. Ses yeux sortaient de leurs orbites. Enfin il s'écria :

» — Le lion ! le lion ! Il a emporté Tato et l'a enlevé près du feu, à mes côtés. J'ai frappé à la tête le terrible animal avec un tison enflammé, mais il n'a pas voulu lâcher sa proie. Tato est mort ! Grand Dieu ! Tato est bien mort ! Courons à la recherche de son cadavre. »

«En entendant ces paroles, tous mes hommes se ruèrent vers le feu et s'emparèrent de brandons enflammés.

» Je ne pus m'empêcher d'exprimer ma colère en les voyant agir de la sorte, et je leur dis que le lion ferait d'autres victimes s'ils ne se tenaient pas tranquilles. Ne fallait-il

pas prendre des mesures de prudence! Ils
comprirent ce raisonnement et se rangèrent
autour de moi pour écouter mes conseils.

» Je fis d'abord lâcher mes chiens, qui tiraient sur leurs chaînes et voulaient s'élancer
hors du campement; mais ceux-ci, au lieu
de se jeter à droite, vers l'endroit où s'était
réfugié le lion assassin, se précipitèrent à
gauche, sur une autre piste. Il y avait évidemment deux lions autour du camp.

» Nous entendions les chiens aboyer avec
force, tandis que, de temps à autre, les rugissements de l'animal frappaient nos oreilles. Parfois le lion s'élançait vers eux et les
hounds revenaient vers nos chariots.

» Cela dura jusqu'au jour. Dès que le crépuscule nous permit de voir à quelques pas
devant nous, tous les Boschimen armés de
fusils s'avancèrent par mes ordres à droite,
à quatre mètres de distance les uns des autres. Je m'étais placé au milieu et je formais
la pointe du triangle.

» Nous parvînmes ainsi près d'un ravin où
le lion avait traîné l'infortuné Tato. L'un de
mes hommes avait trouvé la jambe de ce
brave camarade, coupée au-dessus du genou. Le soulier était encore au pied. L'herbe

et le buisson étaient couverts de sang et les fragments des habits de Tato épars çà et là.

» Le lion avait traîné le cadavre de notre compagnon à environ six cents mètres de notre camp, le long du courant d'eau, au milieu d'un taillis de roseaux et d'arbres morts emportés par les inondations.

» A des foulées nombreuses, je compris que le carnassier n'était pas loin de nous. Les chiens débouchés s'élancèrent en avant et nous les suivîmes, le doigt sur la détente de nos carabines.

» Tout à coup nous nous trouvâmes au milieu d'une sorte de clairière à l'extrémité de laquelle, adossé contre l'angle d'une souche déracinée, était un énorme lion tenant sous une de ses pattes les restes informes du malheureux Tato et frappant ses flancs avec sa queue, dans le paroxysme de la fureur, — *quærens quem devoret.*

» En apercevant l'animal féroce, mon sang bouillonnait de rage, mes dents claquaient, mais j'étais cependant maître de moi. Je me sentais prêt à répondre à l'attaque du carnassier s'il s'élançait sur moi.

» — Tu vas mourir, mon vieux lion! » lui disais-je *in petto.*

» Et j'épaulai l'animal.

» Une seconde après, j'avais fait feu et une balle traversait l'épaule du meurtrier de Tato.

» Il tomba sous le coup, puis se releva. Je l'achevai en lui logeant une seconde balle en plein crâne.

» Lorsque nous pûmes prudemment approcher de ce splendide animal, nous reculâmes d'horreur. Le ventre du pauvre Tato était ouvert et ses entrailles sortaient toutes sanglantes. La tête détachée du tronc gisait à trois pas du corps : le bras droit était dévoré et l'épaule déchiquetée comme avec un râteau.

» Le lion fut dépouillé par mes Boschimen, et sa peau fut emportée au campement, tandis que les amis de Tato creusaient une fosse pour l'y enterrer. Au milieu du deuil que causa la mort de serviteur fidèle, on éprouva cependant la joie de voir sa fin terrible vengée par le chef blanc, et tous les Boschimen me baisèrent la main en signe de respect. »

Ce récit émouvant n'est pas le seul que nous puissions raconter à nos lecteurs.

« Un jour, raconte le même auteur, un homme de ma suite revenait d'un *kraal* voi-

sin de mon campement ; il s'éloigna un peu
du sentier battu pour tuer à l'affût, près
d'une source, un *springbock*, si faire se pouvait. Quand il parvint à cet endroit, le soleil
était déjà très-élevé. Ne voyant pas de gibier,
le nègre alla poser son fusil près d'une roche et, après s'être désaltéré, alluma sa pipe
et finit par fermer les yeux. Lorsqu'il se ré-
veilla, quelle ne fut pas sa terreur en voyant
un énorme lion couché à trois pas de lui et le
regardant fixement !

» L'épouvante avait glacé la voix du chasseur : il respirait à peine, et quand il recou-
vra sa présence d'esprit il songea à ressaisir
son arme afin de tirer sur le roi des animaux. Le lion avait surpris ce mouvement
et avait poussé un rugissement terrible. Le
nègre fit encore un ou deux essais, mais le
fusil se trouvait hors de sa portée ; il dut renoncer à s'en emparer, car le félin ouvrait
démesurément sa gueule chaque fois que
l'homme remuait la main. La journée s'é-
coula de cette façon. La nuit vint. Le lion
n'avait pas bougé de place et les heures
s'écoulèrent dans cet horrible supplice mo-
ral.

» Vers midi, le Hottentot vit le lion se

lever tranquillement et, le cou tourné de son côté, se rendre à la source pour s'y désaltérer.

» A ce moment suprême, une bande de cavaliers boschimen parut à l'horizon : le lion entendit le bruit que produisaient les pas des chevaux et crut prudent de se jeter dans un fourré qu'il traversa rapidement pour pénétrer dans la forêt.

» Le Hottentot était sauvé, mais ses cheveux crépus avaient blanchi dans l'espace de vingt-quatre heures. »

Je terminerai cet article par un fait qui m'a été raconté par le commandant Garnier.

Un Arabe des environs de Guelma apprit un matin qu'un grand vieux lion à crinière noire s'était montré dans les environs de son douar. On avait construit des fosses dans lesquelles le vieux carnassier ne voulait pas se laisser prendre, et il décimait chaque nuit le bétail du canton. L'Arabe quitta un jour la battue qui s'opérait dans la montagne et alla se poster près d'un ravin. A peine avait-il fait deux cents pas qu'il se trouva face à face avec le lion. Au moment où il armait son fusil, son arme fut tordue, il fut jeté sur le dos, les deux épaules entre les griffes du lion, qui le regardait fixement; c'en était fait de lui sans un de ses camarades, nommé Ahmed-Zim, qui avait vu ce qui se passait. Sans prendre son fusil, sans même songer aux pistolets qu'il portait à sa ceinture, n'écoutant que son amitié pour son compagnon, il vola à son secours et sauta intrépidement sur le lion, le yatagan au poing. Il frappait d'estoc et de taille, et ceux qui accouraient vers le lieu du combat n'osaient pas se servir de leurs armes, de peur de tuer leur courageux ami. Un d'eux cependant, plus hardi que les autres, parvint à fracasser la tête du lion d'un coup de pistolet tiré dans l'oreille à bout portant.

Le lion abattu pesait deux cent cinquante kilos. Sa peau était déchiquetée en lanières et le sang en ruisselait de toutes parts.

Ahmed-Zim n'avait reçu aucune blessure, mais son ami avait le bras et les épaules affreusement déchirés.

Le Naufrage de la FELICIA.

L'horrible drame que nous allons raconter date de trois années seulement. Il ne se passa point chez les anthropophages des pays où le cannibalisme est encore en honneur, mais bien en pleine mer et dans les mêmes parages où eut lieu, en juin 1810, le célèbre naufrage de la *Méduse*.

Oh! la faim! l'horrible faim! à quelles extrémités ne pousse-t-elle pas ceux qui en sont atteints!

Le navire marchand la *Felicia*, de Marseille, était parti, le 20 mars 1875, de la Canebière, se rendant au cap de Bonne-Espérance, avec une cargaison de quincailleries destinée au trafic avec les Cafres et les Hottentots.

Son équipage était composé du capitaine, M. Étienne André, du second, Jean Rupert, d'un contre-maître, Eugène Chevalier, et de dix matelots flanqués de deux mousses que l'on nommait Jean Tapier et Fougassou.

La traversée de Marseille à Gibraltar se fit sans accident. La mer était bonne, le vent favorable et les hommes du bord gais comme des pinsons.

Enfin on entre en plein Océan. La *Felicia* se comportait admirablement, et tout paraissait concourir heureusement pour le voyage du navire. Le 18 mars, on se trouvait en face de Madère, et le 3 avril le capitaine André reconnaissait le cap Boyador et les côtes au bord desquelles le désert du Sahara vient émerger.

On se trouvait sous les tropiques, en pleine vue des Sargasses, et, comme cela se passe d'ordinaire à bord de tous les navires et ainsi que cela eut lieu sur la frégate la *Méduse*, les marins de la *Felicia* célébrèrent les saturnales convenues et se livrèrent aux ridicules épreuves du « baptême » que les Anglais nomment le jour du *great shaving* (la grande barbe).

Le capitaine André présidait à cette farce avec bonhomie, laissant la direction du navire à son second Jean Rupert, homme assez ignorant, qui avait cependant capté sa confiance. Tout se passa en assez bon ordre : les deux mousses, qui n'avaient jamais franchi le dédroit, furent particulièrement houspillés par les gens de l'équipage, et Tapier fut si souvent saucé et aspergé d'eau de mer qu'il se trouva malade vers la fin de la journée et fut placé dans son cadre, où il éprouva les atteintes d'un accès de fièvre assez intense.

Le lendemain de la cérémonie burlesque célébrée à bord de la *Felicia*, le calme plat succéda à la bonne brise qui avait poussé jusqu'alors le navire; le capitaine prit hauteur et l'on jeta la sonde. La couleur de l'eau était entièrement changée et l'on croyait même voir du sable rouler entre les vagues clapotantes. Des herbes nombreuses couraient le long du bord, et les matelots qui pêchaient pour tuer le temps prenaient beaucoup de poissons.

Ces indices prouvaient que l'on se trouvait sur un bas-fond. Le capitaine jeta encore la sonde, qui lui donna dix-huit brasses. Aussitôt il donna ordre de venir plus au vent et d'amener une portion des voiles. Par malheur, il était trop tard.

Une secousse terrible ébranla la *Felicia*. Le navire avait touché sur un banc de sable. La consternation se répandit sur tous les visages : on croyait à chaque instant que les planches de la construction navale allaient se disjoindre. Pour comble de malheur, les matelots refusaient d'obéir aux ordres du capitaine, et le second de la *Felicia*, se joignant à eux, accusait M. André de les avoir perdus tous par son inexpérience.

Enfin cependant on finit par écouter la voix du chef. Il était descendu dans la cale et s'était assuré qu'une voie d'eau se déclarait et que la *Felicia* sombrerait dans un temps voulu. Les embarcations furent mises à la mer, mais la chaleur les avait fait prendre jeu et elles faisaient eau de toutes parts. Il n'y avait pas à songer à s'en servir. On résolut donc de fabriquer un radeau, et tous les bras furent employés à ce travail. Le soir même, cette frêle embarcation était mise à la mer et l'on passa une partie de la nuit à descendre et à arrimer tous les vivres qui pouvaient être transportés, du vin, de l'eau et des armes à feu, aussi bien que des coutelas et des haches. Par malheur, comme cela arrive dans ces terribles occasions, tous ces préparatifs se firent avec confusion, et une grande quantité de ces objets tomba à la mer pendant le trouble de l'évacuation ; on resta sur le pont de la *Felicia*.

Le capitaine André, qui faisait de son mieux, était retourné dans la cale une der-

nière fois, afin de voir où en était le progrès
de l'eau dans les flancs de son pauvre navire.
Ce fut à ce moment-là qu'une idée infernale
passa dans la tête du second, Jean Rupert.
Il avait fait descendre tous les matelots et les
deux mousses à bord du radeau, et, avant
que le pauvre M. André eût reparu sur le
pont de la *Felicia*, il coupait l'amarre du radeau et abandonnait son bienfaiteur à bord,
sans songer que cet homme, son supérieur,
avait laissé à Marseille une femme et des enfants chéris.

Lorsque le capitaine remonta l'échelle de
l'entre-pont, il se vit seul ; son équipage était
déjà à un demi-mille de distance, emporté
par le courant. C'est en vain qu'il fit des si-
gnaux, qu'il héla ses matelots. Nul parmi
eux ne songea même à chercher à revenir du
côté de la *Felicia*. A les entendre, c'était leur
capitaine, mal expérimenté, qui avait amené
le naufrage, et en l'abandonnant ils ne faisaient qu'user de justes représailles.

Nous laisserons le malheureux délaissé se
livrer au désespoir, et nous suivrons Rupert
et ses complices se cramponnant aux cordages qui reliaient entre elles les barres de
bois dont le radeau était formé.

Lorsqu'ils se furent un peu habitués au roulis de leur frêle moyen de sauvetage, les matelots de la *Felicia* et leur nouveau chef se comptèrent : ils étaient au complet. De la revue des hommes, on passa à celle des objets embarqués. Ils étaient loin d'avoir été choisis avec intelligence. Les provisions n'offraient pas la quantité requise. Dès les premières heures du départ, il fut convenu qu'on se mettrait à la ration. D'ailleurs l'on avait l'espérance que le supplice ne durerait pas longtemps et que l'on serait bientôt rencontré par un des nombreux navires qui, à cette époque de l'année, sillonnent la mer des Sargasses.

Sur le soir du premier jour, le vent fraîchit et la mer devint très-grosse. Le radeau n'offrait plus qu'un sol mouvant et les marins se heurtaient les uns aux autres. Le second mousse, le pauvre Fougassou, fut emporté et l'équipage ne tenta aucun effort pour aller à son secours. A quelques encâblures du radeau, un horrible requin dévorait cet enfant sous les yeux des naufragés.

Le plus grand découragement s'empara alors des hommes, qui accusèrent Rupert de les avoir trompés. Ils regrettaient l'expériance de leur capitaine et il fut question de chercher à retrouver la *Felicia*. Mais on avait oublié de se munir de boussole et d'octant, si bien qu'il fallait se résigner à tout attendre de la chance, ou plutôt de la Providence.

Deux jours et deux nuits s'écoulèrent de la même façon. Rupert, maudit par ses camarades d'infortune, se tenait à l'écart, toujours sur la défensive, car il avait peur d'être sacrifié à la vengeance des malheureux qu'il avait trompés en accusant avec eux le capitaine André de leur malheur commun.

Vers la tombée de la nuit du cinquième jour, un des matelots injuria Rupert, qui le somma de se taire. Celui-ci se récria et menaça son chef, que l'on vit alors tirer un revolver de sa ceinture pour châtier l'insolent et donner un exemple.

Avant qu'il eût pu se servir de son arme, Rupert tombait la tête fracassée par un coup de hache, et son cadavre jeté à la mer devenait en quelques minutes la proie des épouvantables squales qui suivaient le radeau.

Il ne restait plus sur cette construction mouvante que les dix matelots, le mousse Tapier et le contre-maître Eugène Chevalier, qui, affaibli par un horrible mal de mer, se voyait incapable de commander la raison à ses camarades.

Les provisions tiraient vers leur fin, d'autant plus que la mer avait emporté une barrique de salaison mal arrimée et un tonneau de biscuits. Il restait encore une pièce de vin, un barillet de rhum et une carque d'eau, puis quelques boîtes de conserves trop insuffisantes pour nourrir tout le monde.

Le septième jour au matin, tous les matelots s'étaient enivrés ; ne songeant plus à se retenir aux cordages, deux d'entre eux furent roulés à la mer et disparurent au même instant dans l'estomac des requins.

A midi, on ne compta plus que cinq hommes, plus Chevalier et le mousse Jean Tapier. Ces sept malheureux comprenaient l'horreur de leur situation, mais ni les uns ni les autres ne pouvaient rien faire pour sortir de la terrible position dans laquelle ils se trouvaient. Les provisions étaient complètement épuisées, la pièce de vin aux trois quarts vide : il ne restait plus que l'eau en suffisante quantité. Mais quand on voulut en boire, on s'aperçut que la chaleur l'avait corrompue et qu'elle était plutôt nuisible que salutaire.

La terreur la plus grande terrassa alors ces malheureux, qui se voyaient réellement perdus. Ils essayèrent de pêcher et, n'ayant pas de feu pour faire cuire les poissons dont ils s'emparèrent, on eût pu les voir dévorer crue cette nourriture répugnante.

Ils vécurent ainsi pendant trois jours; mais la soif, l'horrible soif se faisait sentir inextinguible, car ils ne pouvaient pas l'étancher avec de l'eau de mer.

Ce fut alors que l'un des matelots survivants de la *Felicia* conçut la plus épouvantable, la plus sanguinaire de toutes les idées. Il voulut massacrer le pauvre Jean Tapier pour boire le sang de cet enfant inoffensif et pour remplacer par de la chair humaine le menu fretin de la mer dont lui et les siens se rassasiaient sans apaiser leur faim.

Jacques Muller appela près de lui ses compagnons et leur parla bas à l'oreille. Le contre-maître Chevalier, il faut le dire, repoussa d'abord avec énergie un pareil conseil; mais à la fin, sur l'insistance de Muller et des autres, il se laissa persuader.

Pendant que ces misérables affamés complotaient ainsi la mort, disons plutôt l'assassinat du mousse désarmé, le brave garçon s'obstinait à pêcher, et chaque fois que sa ligne remontait du milieu de l'eau, apportant appendus à l'hameçon une dorade, un loup ou une sole, il poussait des cris de joie et disait à ses amis :

— Voyez ! voyez ! Nous ne mourrons pas de faim !

Tout à coup, à un moment où Jean Tapier venait d'amener sur les poutres du radeau un superbe grondin qui pesait près de six kilos, il vit, en retournant la tête, Muller qui se tenait derrière lui, la hache levée, prêt à lui fendre le crâne.

— Grâce ! pitié ! s'écria-t-il éperdu. Que vous ai-je fait ? Je vous en supplie, épargnez-moi !

Il y eut un moment d'hésitation, chez le bandit, qui fut aussitôt réprimé. Il avait baissé sa hache, mais il la releva, et, dirigé par une main fébrile, l'instrument de fer retomba sur le front du pauvre enfant, qui tomba inanimé, la face en l'air, le dos appuyé contre la carque d'eau, et inondé de sang.

Tout aussitôt ces cannibales se précipitèrent sur le cadavre de Jean Tapier et ils burent le sang qui en découlait, en se disputant les uns les autres à qui arriverait au niveau de la blessure béante, d'où s'écoulait un liquide immonde et repoussant.

Peu à peu le sang cessa de paraître aux bords de la plaie. Ce fut alors que Muller, sans mot dire à ses compagnons, dépeça le corps du mousse et le divisa en parts égales, donnant à chacun un morceau au fur et à mesure que sa hache et son coutelas accomplissaient cette horrible boucherie.

Et dès que ces malheureux recevaient le morceau qui leur était offert, pareils à des bêtes carnassières, ils mordaient à pleines dents dans cette chair tiède encore, et avalaient les bouchées de cet épouvantable festin.

Le lendemain de cet assassinat, il fallut se contenter de poisson. Les matelots se défiaient les uns des autres : tous avaient la main sur leur coutelas et se surveillaient en se regardant dans le blanc des yeux. Tous redoutaient de la part de l'un d'eux la mort infligée au pauvre mousse Jean Tapier.

Deux jours se passèrent de la sorte, pendant lesquels deux matelots tombèrent à la mer et se noyèrent, ou bien disparurent dans la gueule des requins.

Vers le matin du douzième jour depuis le naufrage de la *Felicia*, Muller, en jetant les yeux à l'horizon, aperçut les mâts d'un navire. Il poussa un cri de joie pour apprendre cette nouvelle à ses compagnons.

A ce moment, les trois matelots se dressèrent sur leurs jambes affaiblies. Ils déchirèrent leur chemise, et, les mains tendues vers le navire sauveur, agitèrent ces lambeaux de toile pour attirer l'attention sur eux

Une heure après, les naufragés se trouvaient à quelques encâblures du brick *Lorenzo*, parti du Cap le 26 mars et se dirigeant vers New-York. Le timonier du navire gouvernait de façon à accoster le radeau, et l'on eût pu voir une embarcation, descendue à la mer, dont les hommes faisaient force d'avirons dans la direction des naufragés. Bientôt Muller et ses trois compagnons distinguèrent l'équipage se tenant du côté de tribord et les comtemplant avec la plus grande anxiété.

On fut obligé de hisser à bord du *Lorenzo* les matelots de la *Felicia*, qui pouvaient à peine se soutenir. Muller, le plus coupable de tous, mourut dans la soirée qui suivit ce sauvetage. Deux autres matelots furent également emportés par l'épuisement.

Chevalier seul survécut à cette horrible catastrophe.

Quant au capitaine André, abandonné si lâchement par son équipage à bord de son navire désemparé et faisant eau de toutes parts, il avait passé deux jours, tout seul, sur cette épave, et avait été recueilli par un steamer anglais qui s'était approché de la *Felicia*. Il fut rapatrié et revint à Manchester, où il vit encore au milieu des siens. Mais il a toujours refusé de reprendre la mer.

La Chasse aux Éléphants.

L'éléphant est le plus énorme des animaux de la création; j'ajouterai même qu'il est le plus ancien, car on retrouve dans tous les terrains tertiaires les débris de ces pachydermes qui ont eu plusieurs races, avant d'arriver à la réduction — encore géante — qu'ils offrent aux regards ébahis des chasseurs et des voyageurs.

Il est généralement reconnu que les élé-

phants ne se trouvent plus, de nos jours
que dans les pays chauds, en Afrique, en
Asie ; mais il est certain qu'aux temps reculés du monde ils habitaient également les
pays froids.

On raconte à ce sujet qu'en 1799 un pêcheur tougoute, nommé Schamackoff, s'en
était allé, l'hiver venu, le long des rives de
la Léna, à la recherche des dents d'éléphants
qu'on trouve dans ces parages. En passant
près d'un énorme bloc de glace d'une trans-
parence extraordinaire, quel ne fut pas son
étonnement d'apercevoir, enveloppé dans ce
cristal liquide, un énorme pachyderme qui
semblait vivant encore !

Schamackoff était un fieffé poltron : il eut
peur et s'enfuit ; mais le lendemain et les
jours suivants il revint et peu à peu se fami-
liarisa avec ce spectacle. Toutefois il n'osait
pas attaquer ce bloc de glace et s'emparer de
cette proie assurée.

L'année suivante, il revint encore, et ce
manége dura cinq ans. Le bloc de glace
transparent contenait toujours l'animal.

Un jour enfin la masse gelée, grâce à une
convulsion inconnue, avait glissé jusque sur
un banc de sable. Schamackoff attaqua alors

la glace à coups de hache et parvint, à un mètre de profondeur, jusqu'à la tête de l'animal antédiluvien, à laquelle il arracha les défenses, qu'il alla vendre pour cinq cents roubles.

Pendant son absence, les loups et les ours avaient achevé son ouvrage, et quand il retourna une semaine après sur les rives de la Léna, il ne trouva plus que la carcasse de l'animal.

Deux ans plus tard, un naturaliste russe, ayant appris la nouvelle de cette découverte importante, se transporta sur les lieux et put emporter les ossements blanchis par l'action de l'air. Une seule partie manquait : c'était le pied droit, arraché jusqu'au genou. La tête seule était intacte, chair et os ; la cervelle même se trouvait dans son alvéole. Le squelette du géant antédiluvien se voit encore de nos jours dans le musée d'histoire naturelle de Moscou.

J'ai dit que l'Afrique australe et Ceylan particulièrement, les grandes Indes et leurs dépendances, étaient, au xix° siècle, les seuls pays où l'on trouvât les éléphants. Cela est fort exact.

On rencontre ces animaux, dans les vastes

forêts de ces contrées éloignées, par troupes
plus ou moins nombreuses. Le mâle est toujours plus grand et plus fort que la femelle,
et par conséquent bien plus difficile à tuer.
Il est pourvu de deux énormes défenses qui
sont généralement très-longues, blanchâtres,
et admirablement recourbées. Leur longueur
est de dix à huit pieds, et leur poids varie
entre trente et cinquante kilos.

Dans le voisinage de l'Équateur, les éléphants atteignent une dimension plus gran-
diose que vers le sud. J'ai vu à Londres, dans
le Muséum, une paire de défenses d'éléphant
mâle dont la plus grande avait dix pieds
neuf pouces de long et pesait cent soixante-
treize livres. Les femelles africaines diffèrent
de celles des éléphants d'Asie en cela qu'elles
ont des défenses, tandis que les autres n'en
portent pas.

Le prix des plus grands ivoires sur les mar-
chés d'Angleterre est de 28 à 40 guinées pour
cent douze livres.

Les vieux éléphants mâles se rencontrent
seuls, ou bien deux à deux. Ils marchent encore par petites troupes depuis dix jusqu'à
vingt têtes. Les jeunes mâles suivent leur
mère pendant de longues années, et celles-

ci vivent en troupe de vingt à cent animaux.

L'éléphant se nourrit principalement de branches de feuilles et de racines d'arbres, dont il découvre la place à l'aide de son odorat exquis et raffiné. Pour les arracher, il retourne le sol avec ses défenses, et l'on rencontre souvent des arpents de terre labourés de cette manière. J'ajouterai que les éléphants sont les plus grands mangeurs de la création et qu'ils passent leurs jours et leurs nuits à brouter. Ils fréquentent toujours les endroits les plus frais et les plus verts de la forêt, et ils abandonnent un district desséché pour aller en quête de meilleurs pâturages.

L'éléphant a pour l'homme une horreur toute particulière. Un enfant qui passerait sous le vent à un quart de mille d'un troupeau de ces pachydermes le mettrait immédiatement en fuite, et quand ils sont dérangés ces animaux courent longtemps sans s'arrêter. Ils pressentent, avec une surprenante rapidité, le voisinage d'un chasseur. On assure même que lorsqu'un troupeau a été attaqué, tous les autres autres éléphants qui habitent la même contrée en sont informés dans l'espace de deux ou trois jours. Aussi-

tôt tous les autres la quittent et émigrent au
loin, ne laissant au chass.ur d'autre ressource que celle d'aller ailleurs en quête d'un
autre troupeau.

Dans les lieux même les plus solitaires, qui
sont à bon droit considérés comme les quartiers généraux des éléphants, ce n'est que
par hasard et après des labeurs et des fati-
gues inouïs que l'œil du chasseur est réjoui
par la vue de l'un de ces animaux.

Lorsque le temps est sec et chaud, les éléphants, retirés dans le centre des forêts, sor-
tent alors pour aller boire pendant la nuit,
mais cela n'arrive généralement que tous les
trois jours. Vers le coucher du soleil, l'éléphant quitte alors l'endroit où il a passé la
journée et se dirige quelquefois à 15 ou 20
milles de là, de façon à arriver sur le bord
de la source ou du fleuve entre neuf heures
et minuit. Après avoir étanché sa soif et s'ê-
tre rafraîchi en se jetant beaucoup d'eau sur
le corps à l'aide de sa trompe, il retourne vers
sa solitude, au fond des forêts. Généralement
les mâles, quand ils sont dans un endroit
écarté et qu'ils rencontrent une fourmilière,
qui, dans ces pays, a souvent de trente à
quarante pieds de diamètre, se couchent là,

en appuyant leur dos contre cet oreiller douillet et mollet. Après avoir dormi, ils mangent énormément et vont à droite et à gauche, détruisant les plus beaux arbres qu'ils trouvent sur leur passage.

L'aspect de l'éléphant sauvage est tout à fait majestueux et lui donne, aux yeux d'un chasseur, un intérêt qu'aucun autre gibier ne peut lui offrir.

La chasse faite à ces animaux se réduit à l'*embuscade* et à la *trappe*. J'ajouterai même la *surprise*, lorsqu'un chasseur tombe inopinément sur un de ces animaux qui ne l'a ni entendu ni senti venir.

L'embuscade se pratique comme tous les affûts possibles; le chasseur se blottit au pied d'un arbre entouré de buissons, et attend l'animal, ou les animaux, au passage. Il est armé d'une carabine à deux coups, chargée avec des balles explosibles, s'il en a, ou tout au moins avec des balles coniques, eu égard à la difficulté qu'il y a à perforer la peau de ces animaux, qui est non-seulement très-dure, mais encore très-élastique. Le chasseur doit viser à la tempe, depuis l'oreille jusqu'au front, ou bien à la jambe de devant. Dans le premier cas, l'éléphant tombe roide mort:

dans le second, la fracture de l'os le fait choir, et alors on l'achève facilement. Néanmoins cette embuscade en pleine campagne est fort dangereuse.

Quelques chasseurs se font souvent construire une hutte sur la fourche d'un arbre de forte taille qui ne pourra pas être atteint par les défenses et la trompe des éléphants. Hissés sur ces planches percées de trous afin de pouvoir tirer comme l'occasion le décidera, ils ont, appendu près d'eux, un arsenal de carabines toutes chargées, et quand le gibier est à portée la fusillade commence. Ce genre d'affût se pratique d'ordinaire à l'aide d'un rabat ou d'une traque. Les hommes employés à cette opération se dirigent de façon à amener le gibier près de l'embuscade de leurs maîtres.

Il arrive quelquefois que le chasseur est lui-même chassé, c'est-à-dire que les éléphants s'acharnent au pied de l'arbre pour se venger de l'homme qui a tiré sur eux. Dans ce cas, la longueur de ce siége dépend de la solidité de l'arbre ou de la venue des gens qui accourent au secours de l'assiégé.

Les fosses se creusent dans le voisinage des lieux hantés par les éléphants, lieux toujours couverts d'arbres à fleurs et à fruits, ou à écorce tendre. Ces fosses, qui sont creusées à une profondeur de 6 à 8 mètres sur un espace pareil en carré, sont soigneusement recouvertes de bambous sur lesquels on étale des plaques de gazon, des branches et du feuillage. L'éléphant, poursuivi par les chasseurs à cheval, va passer en courant sur ce plancher fragile ; il tombe au fond et ne peut plus sortir.

Une fois prisonnier, l'animal est soumis à un jeûne prolongé, et c'est ainsi que l'on commence à le dompter.

Lorsque la bête est devenue calme par la faiblesse, on la retire à l'aide de cabestans passés sous le ventre, mais on a bien soin, avant de la laisser arriver sur la terre ferme, de lui passer des entraves aux pattes de derrière, de façon à réprimer tous ses écarts.

Le moyen de passer un nœud coulant aux pieds des éléphants pour s'en emparer est pratiqué par les Cafres et les Hindous qui, pour en arriver à leurs fins, rampent avec la plus grande patience sur le sol jusqu'au moment où ils sont parvenus à la portée de leur main d'un animal qui broute sans se douter du danger. Ce n'est pas chose facile que de passer un nœud coulant à l'un des pieds de derrière d'un éléphant; mais n'importe, on y arrive quelquefois, et si l'on n'est pas écrasé on peut... remercier Dieu, car on l'a échappé belle.

Dans le nombre des chasses faites aux éléphants, il y a encore celle d'une troupe de cavaliers, qui, précédés de cinq ou six éléphants dressés, les suivent à distance. Ces animaux se mêlent aux pachydermes sauvages et les amusent pendant que les chasseurs accourent au galop. C'est alors que le massacre commence.

Dans ces luttes désespérées, l'éléphant sauvage porte des coups terribles à ses adversaires, et l'on paye souvent de la vie le désir que l'on a eu de mettre soi-même un pachyderme à mort.

Aux époques du rut, les Africains et les Hindous chassent les éléphants aux palissades. Aux endroits où croissent les plantes et les arbustes dont ces animaux font leur nourriture, on construit un enclos circulaire à l'aide de quatre pièces de bois et de troncs d'arbres. Autour de cette première enceinte, on en dresse une autre. Les billes de bois doivent être assez larges pour donner passage à un homme, mais assez étroites pour qu'un éléphant ne puisse passer à travers.

Pour amener les éléphants sauvages dans cette enceinte, on lance à leur rencontre des femelles qui, par leurs tendres cris, leurs flatteries, leurs attouchements, attirent peu à peu le mâle ou les mâles dans ce cirque primitif. A peine l'un et l'autre, ou les uns et les autres, y ont-ils pénétré, que la porte se referme. Une fois dans l'intérieur de cette prison, les éléphants sauvages sont entravés : il ne reste plus qu'à les dompter, et c'est, comme je l'ai dit, par la faim qu'on y parvient.

L'éléphant de l'Afrique ou de l'Asie, comme le bison de l'Amérique du Nord, est destiné à disparaître, dans un temps donné, de la surface du globe. L'homme, qui a besoin pour son industrie de l'ivoire que produit la chasse aux pachydermes, est insatiable. Il poursuivra ces animaux jusqu'à ce qu'il n'y en ait plus que quelques-uns dispersés çà et là ou parqués dans quelque forêt où il sera défendu de les tuer.

C'est ainsi qu'en Pologne, au sein de la forêt de Bialowitch, l'on rencontre encore, grâce aux tzars de la Russie, les seuls spé-

cimens qu'il y ait au monde de l'urue des
Gaules. Mais il n'y en a que là, et ils sont in-
violables.

Chasse aux Girafes.

Jusqu'au milieu du siècle dernier, les savants de l'Europe semblaient mettre en doute
l'existence de la girafe. Les voyageurs avaient
beau dire :

— J'ai vu en tel endroit, sous telle latitude,
un animal dont la robe ressemble à celle d'un
tigre, qui a la tête d'un cerf et le cou gracieux du cygne; dont la taille est si élevée
que trois hommes montés sur les épaules les
uns des autres atteindraient à peine, en levant les bras, le haut de son front; dont la
timidité est si grande qu'un roquet pourrait
le faire fuir rien qu'en aboyant; dont la vitesse ressemble à celle d'un lièvre ou d'un
lévrier...

On souriait et on les prenait pour des ha-
bleurs.

C'était, du reste, tout ce que l'on savait
de la girafe à cette époque-là. Mais si celui

ou ceux qui avaient vu l'animal eussent raconté à nos pères que la langue de la girafe
— longue de cinquante centimètres environ
— lui servait à manger, aussi bien qu'à
happer et à « tâter le terrain, » que les nari-
nes de cet intéressant quadrupède, étroites
et obliques, étaient défendues par des espèces
de *chevaux de frise* formés par des poils assez durs et entourés de fibres nombreuses
qui servaient au besoin à fermer ces orifices,
de telle façon que ni le sable ni la poussière
ne pussent y pénétrer quand le *simoun* ra-
vage le désert, on eût couru sus à cet audacieux et peut-être eût-il payé *son invention*
au prix de sa liberté dans une maison d'a-
liénés.

Qu'eût-ce été si cet imprudent eût af-
firmé que les yeux de la girafe étaient placés
de telle sorte que, sans remuer la tête, elle
pouvait embrasser du regard l'horizon devant, derrière, par côté, si bien que tout ennemi ne devait pas espérer rester inaperçu?
Cette fois on l'eût jeté dans un cabanon avec
une camisole de force.

De nos jours, la girafe n'est plus un
mythe; nous l'avons vue, nous la possédons
en vie dans nos jardins zoologiques, et aussi

bien portante que possible. Nous savons que
si l'animal n'est pas précisément aussi gracieux de formes que le cheval ou le zèbre, il
n'en est pas moins un des curieux spécimens
de la création.

La girafe est originaire d'Afrique. Elle
nous vient d'Abyssinie et des pays environ-
nants. On sait qu'à la chasse on rencontre
ces animaux par compagnie de douze à vingt
individus, mais que souvent ce nombre est
porté à trente ou quarante.

Ces « compagnies » ou ces « hardes » passent pour des familles entières dans les rangs
desquelles se trouvent de jeunes *faons* à peine
hauts de 2 mètres, des *adultes* mesurant de
3 à 3 mètres et demi, et enfin des mâles de
4 mètres et demi. Les femelles sont généralement un peu plus petites que ces derniers.
On les reconnaît aussi à la délicatesse de
leurs formes.

Il y a vingt-cinq ou trente ans à peine,
quatre girafes furent prises dans les solitudes
d'Abyssinie et ces animaux considérés comme
fabuleux satisfirent la curiosité du public au
prix de cinquante centimes. Mais si l'on ad-
mire cette bête aux regards si doux, si on
aime à caresser son cou onduleux, qui sem-

ble demander qu'on le choie, quel sentiment n'éprouverait-on pas si on se trouvait en plein désert, en présence d'une harde de girafes broutant les feuilles des hautes branches d'arbres avec autant de facilité qu'un bœuf tond de sa langue râpeuse le gazon des prairies, ou bien prenant ses ébats au milieu d'une forêt de mimosas en fleurs.

On doit se dire, en réfléchissant à la chasse aux girafes, que rien n'est plus facile que de découvrir un ou plusieurs de ces animaux dont les têtes dépassent la cime des arbres. Il n'en est pas ainsi cependant, et les plus habiles voyageurs sportsmen de l'Angleterre eux-mêmes avouent que, bien souvent, ils ont été trompés et qu'ils ont pris pour un de ces animaux des troncs d'arbres décortiqués.

Gordon Camming, le chasseur anglais qui prétend avoir abattu tant de girafes qu'il en a oublié le nombre, convient également qu'il fut déçu en mainte occasion, lui et ses serviteurs : ils croyaient souvent avoir devant eux un troupeau de *caméléopards* et se trouvaient en présence d'arbres dépouillés de leur écorce ; ou bien, s'imaginant apercevoir seulement des troncs dénudés, ils laissaient de côté une bande de girafes.

La chair de ces animaux, au dire de ceux qui en ont mangé, est d'un goût très-fin : elle a le parfum du *mokuala* et des autres arbustes à fleurs odorantes dont ils se nourrissent. Camming assure même que les girafes répandent une odeur toute particulière, et il ajoute que, quand il se trouvait au milieu d'un troupeau de ces quadrupèdes, « il croyait être au milieu d'une atmosphère répandant les parfums d'une ruche d'abeilles ou de miel échauffé. »

La bonté de la girafe est proverbiale, et le même voyageur que je viens de citer raconte que, certain jour, ayant abattu une jeune bête de la harde qu'il poursuivait, il descendit de cheval et toucha de la main la tête de sa victime; celle-ci, au lieu de montrer le moindre indice de colère ou de ressentiment, ferma les yeux et sembla le remercier de cette attention pour elle.

Cependant, lorsque Camming eut le courage de lui couper la carotide, afin de terminer son agonie et de procéder au dépouillement, l'animal se débattit en frappant des pieds de toutes ses forces : on eût dit qu'il reprochait à son bourreau le mal qu'il lui faisait; ses yeux parlaient du moins dans ce sens-là.

Un chasseur anglais, sir William Harris, traversant certain jour le pays des Baquio-nas, en quête de gibier, aperçut une harde de girafes. C'était au mois de novembre et le voyageur à cheval suivit leur piste pendant plus d'une lieue.

« J'aperçus enfin, raconte-t-il, trente-deux girafes de tailles diverses, occupées à brouter les feuilles d'un bouquet de mimosas dont la végétation luxuriante embellissait encore plus ce tableau, bien fait pour forcer le sang à affluer dans la tête d'un voyageur chas-seur. Mon cœur battait au point d'éclater : je sentais courir du vif-argent dans mes veines.

» Je me trouvais à peine à cent yards de la harde, mais j'avais mis dans mes projets de pratiquer la chasse des gens du pays et non point de tirer *au posé :* c'est pour cela que je réservai mes deux coups de feu pour une occasion propice. J'étais accompagné par quatre Hottentots à cheval qui s'étaient épar-pillés de ci, de là, à la poursuite des *Koodoos* mais qui, sur un signal que je leur donnai, se hâtèrent de rallier.

Tout à coup notre marche fut entravée par un rhinocéros en colère qui se tenait, lui et son jeune — aussi hideux que celui auquel il devait le jour, — juste au milieu du chemin, prêt à fondre sur les intrus qui troublaient le calme de leur solitude. Je donnai l'ordre à l'un des quatre Hottentots de faire un circuit et de tirer sur les deux brutes hideuses un coup de feu chargé à balle. A peine la détonation eut-elle été produite, que la troupe entière des girafes bondit et se mit à fuir. Elles trottinaient d'une façon rapide, se livrant à des sauts de grenouilles très-drôlatiques. Il va sans dire que je me trouvai bientôt en arrière.

» A deux reprises différentes, les formes élancées de ces gracieux animaux furent cachées à ma vue par les arbres. Mes quatre compagnons et moi, nous nous précipitâmes à travers la forêt, et deux fois, en sortant de ces bosquets épineux dont les pointes déchiraient nos vêtements et transperçaient notre peau, j'aperçus la harde à distance, le soleil miroitant sur la peau lustrée de chaque individu.

» Dans un moment donné, le turban de mousseline blanche dont mon front était couvert étant tombé par terre, accroché par une ronce, je vis trois rhinocéros qui piétinaient sur ce voile protecteur et qui, cela fait, se mirent à ma poursuite. Cinq minutes après ce petit incident, les girafes parvenaient au bord d'une petite rivière bordée de bancs d'un sable très-fin, dans laquelle leurs sabots enfonçaient à ce point que leur marche se trouva retardée. Enfin les gentils quadrupèdes atteignirent l'autre bord, et quand ils grimpèrent sur les rives abruptes du courant d'eau, je compris qu'ils étaient à bout de forces. Quelques coups d'éperon me suffirent pour forcer ma monture à franchir, comme une flèche, la distance qui me séparait des girafes. Je me trouvai dans un instant côte à côte avec le Nestor de la harde, très-facile à reconnaître des autres animaux par la couleur noisette foncée de sa robe et sa haute stature. Au même instant, je portai à l'épaule ma carabine à deux coups et je fis feu en visant aux omoplates. Quelle qu'eût été la force de la décharge et la blessure reçue, il se glissa de nouveau parmi les mimosas et je le suivis en rechargeant mon arme et en faisant feu coup sur coup.

» Je me souviendrai toujours de l'aspect noble et impassible de la pauvre victime à la mort de laquelle je m'acharnais. Tantôt elle tournait ses yeux de mon côté, et des pleurs coulaient le long de ses joues. Tantôt elle reprenait sa course : mais bientôt un frisson fit trembler ses membres ; sa peau se tendit, et, à un moment donné, sa tête se replia : elle tomba sur le sol.

» Je n'oublierai jamais ce moment-là. J'avais enfin atteint le but de mes rêves : aussi, dans l'exaltation de ma joie, je poussai des cris stridents et je hélai mes compagnons, tout en débarrassant mon cheval de sa selle et de sa bride. Cela fait, je me laissai tomber sur le gazon à côté de la bête que j'avais conquise. J'examinai ses blessures, d'où le sang coulait à flots, et je compris alors comment mon plomb avait eu de la peine à percer une peau aussi dure, — 1 centimètre et demi d'épaiseur — à une distance de 60 à 70 mètres. A l'aide de mes quatre Hottentots, je pus d'abord délivrer ma girafe, puis la dépouiller de sa peau, et quand cela fut fini je coupai sa queue, qui remplaça mon turban autour de ma cape de chasse, et, certes, ce fut le plus beau trophée que j'aie jamais porté au retour d'une excursion cynégétique. »

Gordon Camming raconte qu'il éprouva lui-même — ce grand tueur d'éléphants — un remords tout particulier pour avoir mis à mort quelques girafes.

Écoutons-le parler :

« J'avais devant moi dix girafes qui galopaient en tortillant leur longue queue sur leur dos et faisant gracieusement onduler leurs têtes. Je n'avais jamais, dans ma carrière de chasseur, rien éprouvé de comparable à ce que je ressentais. J'étais tenté de croire que le gibier que je chassais n'était pas un être vivant, mais une créature de l'autre monde.

» Lorsqu'elle se vit poursuivie, elle allongea le pas et se mit à galoper avec une incroyable rapidité, franchissant à chaque bond une immense longueur de terrain. Quelques minutes me suffirent pour me trouver à 5 mètres de la bête. Je tirai en galopant et lui logeai ma première balle dans la croupe, et ma seconde au défaut de l'épaule. A dire vrai, ces deux projectiles avaient produit peu d'effet, et quand la girafe ralentit le pas je me hâtai de mettre pied à terre en rechargeant mes deux coup. L'animal avait repris

4

son trot et descendait dans le lit desséché
d'un torrent au moment où j'épaulais et
quand je fis feu. Cette troisième décharge
n'était point suffisante pour abattre l'animal,
qui courait encore. Je suivis ma girafe, qui
disparut au milieu des arbres. Elle s'arrêta
encore, et alors son œil brun s'abaissa sur
moi comme pour m'implorer. En ce moment
de triomphe, j'éprouvai pourtant un regret
poignant en songeant au sang que j'allais
répandre. Mais ma vanité de chasseur étouffa
ce sentiment. J'élevai obliquement le canon
de ma carabine et je lui envoyai une balle
dans le cou.

» La girafe releva ses jambes de derrière
par un bond prodigieux et retomba aussitôt
avec un bruit formidable. La terre parut
trembler autour d'elle ; un jet de sang noir
et épais jaillit de sa blessure ; ses membres
gigantesques frissonnèrent un instant et elle
expira

Un Drame entre deux Eaux.

De tous les monstres connus que renfer-
ment les mers dont les trois quarts de la surface du globe sont couverts, le plus terrible,
le plus redoutable est le requin. Il est certains de ces squales qui mesurent jusqu'à
10 mètres, et dont la force est si prodigieuse,
la vitesse de natation telle, qu'on a calculé
qu'en trente semaines ils pourraient faire le
tour de la « machine ronde. »

Ce qu'il y a de plus menaçant chez le requin, c'est non-seulement sa gueule armée
de six rangs de dents aiguës et dures comme
l'acier, mais encore sa queue, qui peut cas-
ser les jambes d'un nageur. Oh! l'horrible
poisson! Il faut en avoir vu de très-près
pour comprendre tout le danger que l'on
court lorsqu'on se trouve dans leur voisinage.

Le requin, dont le nom vient du mot latin
requiem (repos, mort), se rencontre dans toutes
les mers. Les navires de tout tonnage en ont
un ou plusieurs à leur remorque, et tout

ce que l'on jette par-dessus bord est immédiatement dévoré, depuis les débris de la cuisine et de la cambuse jusqu'au cadavre, si la
malechance a atteint quelque passager ou
quelque matelot du bord. Plus la tempête sé-
vit, plus le ou les requins s'acharnent à la
poursuite du bâtiment. N'ont-ils pas pour
eux la possibilité d'un naufrage? Et dans un
combat naval les coups de canon, les obus
qui sèment la mort de toutes parts semblent
les attirer au lieu de les faire fuir. Les requins comptent sur leur part, fournie par les
ravages du feu.

J'ai entendu raconter dans mes nombreux
voyages mille traits pour un de la voracité
de ces horribles squales. Tantôt c'était un
matelot qui, pour ne pas demander la permission à son capitaine d'aller rendre visite
à un ami qui se trouvait à bord d'un navire
faisant route avec le sien, se jetait à la mer
et rencontrait un requin qui, se retournant
sur le dos, lui coupait la cuisse et d'un autre
coup de dents lui arrachait l'épaule sous les
yeux des deux équipages ne pouvant lui porter secours; — tantôt c'était un pêcheur de
la Méditerranée qui, se baignant à côté d'une
embarcation, apercevait un requin et appe-

lait à l'aide ses camarades : ceux-ci lui jetaient bien une corde ; mais avant qu'il l'eût attrapée, son corps était haché en deux par le squale affamé. Je pourrais multiplier ainsi les citations.

L'audace des requins est si grande qu'ils disputent aux pêcheurs de baleine la proie qu'ils dépècent le long de la paroi du navire. On a beau les chasser à coups d'anspect et de carabine ; si on ne les tue pas, ils reviendront à la charge et endommageront toujours la graisse avant de fuir.

La nourriture des requins consiste en thons, morues et surtout en phoques, ce qui n'empêche pas que tous les poissons qu'ils rencontrent, gros et petits, deviennent leur proie. On m'a raconté, à Marseille, qu'un jour l'on avait trouvé dans l'estomac d'un énorme requin deux thons et un marin avec tout son costume, sauf le chapeau.

Il est heureux pour la gent écaillère et pour l'humanité que la grande difficulté qu'a le requin de saisir sa proie l'empêche de faire tous les ravages qu'il pourrait exercer s'il lui était possible de happer sa proie comme les autres poissons. Il dépeuplerait les océans du monde. La position de sa gueule est à 40 centimètres de la pointe de son museau, et pour mordre il lui faut se mettre ou sur le côté ou sur le dos. Malheur alors à l'être animé qui se trouve à sa portée! Il est cependant certains hommes qui sont assez hardis pour défier le requin. Ils se jettent à l'eau, le couteau dans la main droite, et, au moment où le squale se retourne, lui plongent le fer dans l'estomac, en retirant la lame de façon à lui fendre le ventre.

La pêche du requin se fait avec de gros hameçons appâtés avec du lard et retenus au bout d'une énorme solive, ou mieux encore avec une chaîne de fer. Une fois que l'engin a fait son effet, on hisse le requin et on lui passe entre les nageoires un nœud coulant, qui retiendra sa queue à un moment donné; car j'ai dit plus haut combien les mouvements du squale étaient violents.

Il est certain que les squales de cette espèce ont la vie très-dure. On en a vu, à qui l'on avait ouvert le ventre et retiré les entrailles avant de les rejeter à la mer, se mettre à nager comme si de rien n'était, et disparaître à l'horizon, pour aller mourir sans doute.

Croirait-on qu'en outre du foie du requin, qui donne des tonneaux d'huile, on recherche particulièrement les œufs, qui sont considérés comme un régal par les Norwégiens ? Je ne pense pas que la chair de ces poissons géants soit bonne pour les Européens. Celle à laquelle j'ai goûté à Antibes avait le goût huileux et rance. Ce qui n'empêche pas que les Irlandais adorent cette nourriture, qui remplace pour eux le cochon, et qu'ils font cuire avec le *hockfish*.

J'arrive à une pêche émouvante de ce terrible squale, ou plutôt à un combat dont j'ai été témoin dans la rade de Vera-Cruz.

Nous revenions, en 1847, de la guerre déclarée au Mexique par les Américains. Nous avions rencontré, quelques camarades et moi, au café principal de la ville enfiévrée, un grand et bel homme de six pieds de hauteur, aussi parfaitement proportionné que l'Antinoüs ou l'Apollon du Belvédère. Son regard était perçant comme celui d'un lynx et il avait une désinvolture sans égale sous ses vêtements espagnols. Enveloppé dans son *zarape* malgré la chaleur tropicale, il laissait voir entre ses jambières ouvertes une jambe musculeuse qui dénotait une force irrésistible.

— Quel est cet homme? demandai-je au garçon du café de Vera-Cruz.

— C'est Manoël, segnor, répliqua celui-ci, Manoël le tueur de requins.

Et le serviteur me raconta que celui à qui je faisais attention était reconnu pour son habileté à pourfendre les squales qui abondent dans la baie de Vera-Cruz, comme les urubus — les vautours — dans les rues de la ville, où ils se nourrissent des détritus de toute sorte jetés dans les ruisseaux par les habitants.

L'officieux ajouta que pour une once d'or Manoël nous montrerait son audace, et il se chargea d'être notre intermédiaire entre son compatriote et nous.

Manoël accepta la proposition qui lui fut faite, et il fut convenu que le lendemain matin il viendrait nous rejoindre dans une embarcation à bord du steamer *Alabama*, qui se trouvait en rade vers le fort de Saint-Jean-d'Ulloa, attendant son chargement d'hommes et de canons pour retourner à New-York, la paix étant conclue.

Dès l'aube, nous vîmes arriver Manoël à bord de notre maison flottante, ce grand *man of war* (homme de guerre), comme l'on désigne les vapeurs de l'État. Le *Tueur de requins* avait laissé à Vera-Cruz son costume d'hidalgo; il n'était revêtu que d'un long *calzone* et son *zarape* ne l'avait pas abandonné. Il était monté à bord d'une embarcation légère, mais solide, que conduisait son frère, un autre pêcheur, mais moins beau que celui qui nous avait été présenté avec ses noms et qualités.

— *A la disposicion de usted*, nous dit Manoël.

Ce *quand vous voudrez* nous donna un avant-goût du spectacle dont nous allions jouir.

Manoël était redescendu dans la barque, et nous le vîmes examiner d'abord les bouillonnements de la mer. Il cherchait à se rendre compte de ce qui se passait autour de l'*Alabama*. Nous lui avions montré du haut d'un des échelons six requins qui nageaient dans nos eaux, cherchant à attraper de ci, de là, les ordures que leur jetaient les matelots.

Lorsqu'il eu bien inspecté les environs, il se débarrassa de son *zarape* et parut à nos yeux, la poitrine nue, la ceinture armée d'un énorme coutelas et les jambes nues depuis le genou. Le ventre et le haut des cuisses se trouvaient cachés par un caleçon de toile blanche.

Il prit un couteau effilé dans le fond de sa barque et le mit entre ses dents. Puis, montant sur la pointe de son embarcation, il plongea hardiment au fond de l'eau.

Nous le suivions dans le pur cristal de la rade : il décrivait une longue courbe, et ce manége de Manoël ne tarda pas à attirer l'attention des requins vigilants qui flottaient çà et là autour de l'*Alabama*.

Manoël était revenu à la surface de la mer et il nageait perpendiculairement au navire, tandis que les squales excités le suivaient à distance. Ces évolutions de l'homme et des poissons se succédèrent pendant environ vingt minutes.

A un moment donné, Manoël s'arrêta, et, se tournant sur le dos, se mit à faire la planche dans la plus parfaite immobilité.

Nous vîmes alors une troupe de six requins s'avancer du côté du nageur. Le squale qui était en tête, inquiet de voir Manoël se tenir ainsi en dehors de la vague sans bouger et sans avancer, interrompit sa marche pendant quelques instants. Mais sentant sa proie à quelque distance, il se précipita sur elle de toute sa vitesse, se retourna à son tour sur le dos, et, ouvrant une gueule énorme, tenta de saisir Manoël par le milieu du corps. Le Mexicain était sur ses gardes ; il plongea vivement, passa sous le monstre, et, revenant vers lui, le frappa de son couteau sous le ventre. Soit que le coup eût été mal appliqué, soit que la lame eût glissé au moment décisif entre les mains du pêcheur, le requin sain et sauf, mais fort effrayé, plongea et s'éloigna précipitamment.

C'est alors que le second requin se trouva à une brasse du pêcheur. Manoël, sans perdre une minute, se laissa enfoncer dans la mer, et, reprenant son élan pour remonter, parvint juste au-dessous du ventre du squale et l'ouvrit prestement d'un coup d'estoc habilement dirigé.

Le requin frappé à mort remonta aussitôt à la surface des flots qu'il rougissait de son sang, et flotta bientôt après, en masse convulsive, le long des flancs du navire amiral.

Les vivats et les bravos de l'équipage de l'*Alabama* accueillirent cette victoire inattendue. Manoël, lui, l'air triomphant, s'était relevé au niveau des vagues et rentrait dans son embarcation. Il avait bien gagné le doublon que nous nous hâtâmes de lui payer dès qu'il remonta sur notre steamer.

Du temps que nous célébrions la victoire de Manoël dans la dunette du trois-ponts en lui faisant avaler le meilleur *pirco* que nous eussions dans la cambuse, un matelot, maître timonier et âgé de trente-cinq ans, disait au bas de l'échelle du pont ces paroles qui parvinrent à mes oreilles :

—La belle affaire ! Moi qui vous parle, mes camarades, je me charge d'en faire autant si le capitaine veut m'en donner la permission.

Je fis part à notre chef des paroles que je venais d'entendre, et le commodore Smith fit appeler Jack Meredith, le maître timonier, et lui dit d'une voix rude :

—Ainsi, tu prétends faire ce que ce Mexicain vient de nous montrer. Es-tu marié? es-tu veuf? As-tu père et mère?

— Je suis seul au monde, répliqua Jack.

— Dans ce cas, tu peux faire ce que tu voudras ; je te permets de risquer ta peau si bon te semble. Es-tu sûr de ton coup?

– Parfaitement, commodore.

Le maître timonier salua et s'éloigna.

Deux heures après cet entretien, les matelots qui arrimaient des canons dans l'entrepont, appelèrent Jack Meredith et lui montrèrent trois requins qui « flânaient » le long des flancs de l'*Alabama*.

Le maître timonier s'écria qu'il allait tenter l'aventure, et tout aussitôt il se déshabilla et se tint prêt, le couteau au poing, à descendre l'échelle et à se jeter à la mer.

Nous avions été prévenus, et tout le monde se tenait sur le pont, Manoël lui-même n'étant point parti, pour assister au spectacle d'un Yankee voulant le singer, lui, le roi des tueurs de requins.

Tout à coup nous vîmes un énorme squale s'avancer presque en ligne droite vers le steamer, poursuivant une vieille morue sèche que le *cook* de l'*Alabama* lui avait jetée.

Lorsque le monstre fut arrivé à dix mètres de Jack Meredith, celui-ci se jeta à l'eau et nous le vîmes plonger à pic, tandis que le requin, émerveillé en songeant à la proie humaine qui se mettait devant lui aux lieu et place de la morue, se disposait à se retourner sur le dos pour mieux croquer son adversaire.

Jack remontait à la surface, le couteau levé, prêt à frapper ; et il eût réussi sans un accident fatal qui se déclara contre lui.

Le malheureux avait oublié qu'il était sujet

à des crampes. Déjà, dans les eaux de la baie
de Chesapeake, il avait failli se noyer, quand
ses amis l'avaient retenu et transporté au
rivage. Le même accident lui arrivait en ce
moment.

Il perdit la tête, lâcha le couteau qu'il tenait entre ses mains, et le monstre hideux,
s'élançant sur le dos, le frappait au milieu
du corps, qu'il coupait net en deux parties.

Le dénouement de ce drame échappa à
nos yeux, car la mer s'était couverte de
sang, et le terrible squale s'était enfoncé dans
les profondeurs de la baie, emportant avec
lui le tronc du pauvre Jack pour le dévorer
à son aise.

Deux autres requins s'étaient jetés sur les
jambes du maître timonier et n'en avaient
fait qu'une bouchée.

Le commodore Smith s'était repenti, mais
trop tard, d'avoir ainsi perdu un excellent
matelot par sa faute.

Quant à Manoël, il disait en espagnol :

— *Caramba !* voilà ce que c'est que de vouloir faire un métier qu'on ne connaît point !

Ce fut là l'oraison funèbre de ce pauvre
Jack Meredith.

La Chasse en Egypte.

Un bon souvenir que j'aime, est celui de mes chasses en Egypte, des grands espaces que j'ai parcourus le fusil sur l'épaule, dans la plaine et dans le désert, au bord des lacs ou dans les taillis. L'Egypte est peu connue sous cet aspect; et peut-être n'est-il pas sans intérêt de savoir qu'elle abonde en gibier de toute espèce, et que, dans certaines parties, les lièvres et les sangliers foisonnent.

Les Arabes *fellahs* ont peu de goût pour la chasse. Est-ce paresse, pauvreté, douceur de caractère, ou ces trois causes réunies? J'incline vers cette dernière opinion. En outre, ils n'apprécient en aucune manière le gibier; leur palais rejetterait avec dégoût la viande faisandée. Le mouton est pour ces barbares la nourriture par excellence. Leur aversion pour ce genre d'exercice provient aussi de leurs idées particulières sur la vie future des animaux qui, selon eux, doivent comparaître au jugement dernier, et recevoir, comme les hommes, la récompense de leurs œuvres. Aussi leur répugnance pour

le chien et le cochon, déclarés immondes pa.
le Coran, est-elle empreinte d'un esprit de
tolérance ; leur contact est, à la vérité, une
souillure qui exige une ablution spéciale.
Cependant ils regarderaient de mauvais œil
quiconque tuerait ou maltraiterait même ces
animaux ; ils diffèrent en cela des Juifs leurs
ancêtres, qui passaient tout au fil de l'épée
dans les villes prises d'assaut, tout, jusqu'aux
ânes des Philistins.

Parmi les oiseaux sacrés, l'ibis blanc est
un de ceux qu'il serait sacrilége de tuer,
parce qu'il est vénéré comme un symbole
d'innocence, et un signe de bénédiction pour
les travaux champêtres ; ce que j'en sais,
c'est l'expérience qui me l'a appris.

Ornithologiste par désœuvrement, je bat-
tais un jour les champs pour augmenter ma
collection ; j'aperçus bientôt, derrière une
charrue, une bande d'ibis qui tranchaient sur
la couleur noire de la terre : m'approcher,
viser de manière à ne pas les massacrer, en
laisser quatre sur la place, courir joyeux
pour les prendre, ce fut l'affaire d'un instant ;
mais je m'arrêtai tout troublé en voyant un
fellah quitter ses bœufs, se prosterner la face
contre terre, lever les yeux au ciel.

— Respectable cheïkh, lui dis-je en m'approchant, ne détourne pas tes yeux avec horreur; si j'ai mal fait, instruis-moi. Dieu punit la méchanceté et non l'ignorance.

Il me regarda, sa figure s'adoucit.

— Oui, sans doute, tu as fait une mauvaise action en tuant ces oiseaux que Dieu nous envoie tous les ans, avec leur robes blanches, pour bénir notre travail. Ils suivaient ma charrue depuis le premier jour. Mais si tu ne savais pas ces choses, que Dieu te pardonne!

— Mon cheïkh, repris-je, pour réparer ma faute je peux rendre à ces oiseaux une apparence de vie; mon pouvoir ne va pas au-delà. Dieu seul pourrait les ressusciter!...

Ces dernières paroles, en le remplissant d'étonnement, lui touchèrent le cœur, et me valurent son amitié; je le revis quelques jours après à sa charrue; il était content : les ibis étaient revenus en foule. Quand j'eus fini d'empailler ceux que j'avais tués, je les lui montrai, selon ma promesse; il fut émerveillé et faillit me prendre pour un magicien.

Ainsi, grâce à la misère des Egyptiens, misère qui ne leur permet pas l'achat d'un fusil, de la poudre et du plomb; grâce à leur nonchalance qui répugne aux exercices violents, à leur mansuétude et à leurs idées religieuses, le gibier croît et multiplie chez eux comme les étoiles du ciel et comme les sables de la mer.

Imaginez-vous les canards et les sarcelles vous regardant passer au bord des lacs, les lièvres sautillant dans vos jambes, des bécasses et des bécassines ne se donnant pas la peine de se cacher dans les joncs des marécages; des vols de pluviers et de vanneaux à obscurcir l'air, des perdrix et des cailles vous narguant sur votre chemin, et des files d'oies sauvages qui ricanent en passant sur vos têtes.

Les Bédouins et les Turcs, moins scrupuleux et plus actifs que les Arabes, font de grandes chasses dans le désert; ils y poursuivent et traquent la gazelle. Il n'y a rien de sacré pour l'homme. J'avais vu ce petit animal dans les maisons, si doux; j'aimais tant ces grands yeux; j'avais joué si souvent avec ses cornes, que je ne pouvais croire qu'on lui fît la chasse dans un autre but que de le prendre vivant et de l'apprivoiser. M. Hamont, le directeur de l'école vétéri-

naire d'Abou-Zabel, eut à cœur de dissiper
mes doutes; il arrangea une partie. La veille
du jour convenu, il envoya des Arabes à une
lieue dans le désert, avec l'ordre de creuser
dans le sable autant de trous que nous étions
de chasseurs, à la distance de cinq cents pas
l'un de l'autre. Nous partîmes trois heures
avant le jour. Des saïs portaient nos fusils
et couraient devant les chevaux.

De mauvais présages me firent mal au-
gurer du succès de l'expédition; le désert était
plongé dans l'obscurité; des corbeaux, avec
leurs ailes plus noires que la nuit, s'envolè-
rent à notre gauche; nous perdîmes un instant la trace des pas qui devaient nous gui-
der à nos stations; il fallait descendre de
cheval et nous crever les yeux pour la retrouver. On s'était muni fort heureusement
d'une lanterne; sa bienfaisante lumière nous
remit dans le vrai chemin; il n'y avait de
plaisant dans tout cela qu'un certain Napolitain, qui s'était affublé d'un matelas pour
dormir en attendant les gazelles.

Arrivés à la première station, notre homme
se laissa glisser tout doucement de son âne,
et se logea dans son trou, disant qu'il n'en
pouvait plus. Avant de nous séparer, le maî-

tre de la chasse nous donna ses instructions.
Il fallait se tapir dans sa cachette, ne pas
montrer le bout du nez, avoir l'œil et l'oreille
au guet, surtout à l'aube, moment où les gazelles reviennent du lac au désert, et tirer si
elles passaient à une portée de cent pas.
Quand je fus blotti dans mon trou, ne voyant
que les étoiles sur ma tête, autour de moi le
désert sans couleur et sans formes, je me
comparai naturellement à l'astrologue tombé
au fond d'un puits; j'eus peur de ce silence
et de cette effrayante immobilité. « C'est bien
la paix de la mort, me disais-je; le désert est
le grand suaire que Dieu étendra sur la fin
du monde; » et pour rencontrer quelque part
les signes de la vie, j'écoutais les battements
pressés de mon cœur, et je suivais des yeux
la marche paisible des astres.

Un crépuscule de quelques instants précéda
le soleil; une abondante rosée nous trempa
jusqu'à la moelle des os, malgré nos bur-
nous. Il s'éleva un petit souffle glacial qui fit
trembler les plantes jaunes du désert; je ne
vis pas l'ombre d'une gazelle; un coup de
fusil retentit dans le lointain; je bénis le soleil qui vint me relever du poste; c'était le
signal convenu de notre réunion; nous nous

réchauffâmes avec quelques bouteilles d'un chypre généreux.

— Où est donc nôtre Napolitain, s'écria quelqu'un. Se serait-il fait quelque mauvaise affaire avec un hyène affamée? Personne de nous n'a tiré; c'est donc lui qui aura les honneurs de la chasse.

— Il est trop maladroit, dit un autre.

On commençait à faire des conjectures alarmantes, quand nous le vîmes arriver tout essoufflé.

—Ah! Messieurs, s'écria-t-il, je viens d'être témoin d'une chose miraculeuse, digne d'être rapportée dans les journaux de toute l'Europe.

— Quoi donc, signor Pepe? racontez-nous cela.

—Ah! mes amis (il avala préalablement un grand verre de chypre pour gagner les avances que nous avions sur lui), le jour commençait à poindre, j'étais tout yeux et toute oreilles; je distingue deux gazelles, une grande et une petite, qui gambadait comme un enfant autour de sa mère. Je visai la plus jeune, dont la chair est plus tendre; la grande se précipita au-devant du coup et tomba morte ou blessée.

J'accourais pour la prendre; mais, que vois-je alors, la fille charge sa mère sur son dos et s'enfuit à toutes jambes.

Un grand éclat de rire accueillit cette farce italienne, débitée avec un sang-froid digne de *Pulcinello*.

— Ces Français, dit notre homme entre ses dents, doutent de tout; j'en ai compté bien d'autres aux lazzaroni.

Nous arrivâmes à l'école d'Abou-Zabel, dont les blanches murailles se détachent sur la couleur fauve du désert et la verdure de la plaine.

M. Hamont m'exprima ses regrets du peu de fruit de notre course, me promettant plus de bonheur une autre fois. Je n'eus garde de le presser sur ce point, et je pensai intérieurement qu'on ne m'y prendrait plus.

Plusieurs parties semblables me furent proposées; je les refusai toujours : cependant, dans un grand dîner, chez Hussein-bey, colonel, la conversation s'étant engagée sur la chasse, je racontai la mienne et les ennuis qu'elle m'avait fait éprouver.

— Mais c'est bon pour des culs-de-jatte, dit Hussein; dans quelques jours les plus illus-

tres chasseurs se réunissent pour faire une
chasse royale, une chasse au lévrier et au
faucon; c'est assez vous dire; voulez-vous
être des nôtres? Je vous promets que vous y
trouverez du plaisir. Je fus tenté, séduit,
gagné, et inscrit sur la liste des chasseurs :
quelques jours après, je caracolais sur une
superbe jument nedjdid des écuries d'Hussein, en compagnie de généraux et de colo-
nels, suivis d'un nombreux attirail de domestiques, de lévriers et de faucons.

On marcha toute une journée dans le désert : sur le soir on dressa les tentes. Hussein, ordonnateur de la chasse, n'avait rien
négligé; un excellent repas fut servi et cou-
ronné à la fin par un mouton rôti, apporté
tout entier sur une sanieh. C'est un plat de
pacha, disent les Arabes. Le champagne, le
bordeaux et le bourgogne déridèrent la gra-
vité turque : Hussein prétendit que le pré-
cepte était vieux et tombé en désuétude; que
Mahomet n'avait voulu prescrire que la mauvaise piquette de son temps, si le sultan suc-
cesseur du prophète ne se faisait nullement
scrupule de boire du vin, un sujet fidèle devait suivre cet exemple. Le pur moka nous
plongea dans une douce ivresse, et les bouf-

fées du djebeli nous enveloppèrent dans un nuage odorant. La nuit nous surprit dans notre kef, état de béatitude que les Orientaux seuls connaissent, ce bien-être que donne sur des tapis moelleux une facile digestion activée par le tabac et le café.

Mais Hussein se leva et fit partir avec des torches allumées une foule de domestiques dans toutes les directions, pour battre le désert toute la nuit et traquer les gazelles sur un point convenu. Cette illumination produisit un effet très-pittoresque : on voyait à tous les points de l'horizon ces flammes paraître et disparaître; elles ressemblaient à des feux-follets courant et bondissant dans l'espace. Quand je n'en vis plus aucun, je rentrai dans la tente, où l'on ne tarda pas à s'endormir. Avant de fermer les yeux, je regardai le ciel; il était suave et limpide, et il me semblait qu'en me levant je toucherais de ma main les étoiles.

Le lendemain, je me levai, quand le désert était déjà radieux ; le soleil avait bu la rosée de la nuit; on fit les préparatifs; chacun regarda si son fusil était en bon état; les chevaux furent sellés; on monta précipitamment, quand on entendit des cris dans toutes les directions. C'étaient les domestiques qui revenaient. Un grand troupeau de gazelles traquées de toute part arriva près des tentes; ce fut le signal du massacre. Les faucons furent lâchés; ils s'élevèrent dans l'air, planèrent un instant comme pour choisir leur victime, et tombèrent perpendiculairement, comme ferait une pierre, sur la tête des gazelles.

C'était pitié de les voir se débattre et faire des bonds prodigieux; le faucon était à cheval, cramponné entre les deux cornes, et chaque effort du pauvre animal ne faisait qu'enfoncer les serres cruelles plus avant dans sa tête. Ses petits cris plaintifs, lorsque le faucon lui mangeait les yeux, me déchiraient le cœur; les lévriers furent lancés à la poursuite des fuyards, et les chasseurs les achevèrent à coups de lances ou de fusils. Hussein, qui était très-adroit tireur, en tire deux au grand galop de son cheval. Pour moi, je pouvais à bon droit me laver les mains de tout ce sang innocent. Le colonel, avec sa courtoisie ordinaire, m'en offrit deux, et j'eus la barbarie de trouver leur chair très-délicate.

En retournant au Caire avec un chameau

chargé des dépouilles opimes, je m'enquis auprès d'Hussein des moyens employés pour apprivoiser les faucons.

— Il faut les prendre jeunes, me dit-il, leur donner peu à manger, et introduire des moutons dans le lieu où ils sont renfermés. Les faucons affamés se jettent sur eux, et s'attaquant aux parties molles, leur mangent les yeux. Quand on les a exercés quelque temps de cette manière, on peut s'en servir à la chasse de la gazelle.

Chasses aux Kangurous.

Parmi tous les animaux de la création, les *marsupiaux* sont ceux à qui la nature semble avoir donné le moins d'intelligence. On sait qu'ils ne reconnaissent pas même le gardien qui, depuis longues années, fournit tous les jours aux soins de leur nourriture. Aucun d'eux n'est sensible aux caresses qu'on lui donne. Leur voix consiste en une sorte de grognement qui est souvent à peine per-

ceptible : cela provient de la façon dont le
larynx du kangurou est façonné, laquelle
empêche toute émission de voix.

Les kangurous sont originaires de la Nouvelle-Hollande et de la terre de Van-Diémen.
Il est bon de remarquer que nul autre animal
ne pourrait être mieux adapté aux intempéries de cette contrée sujette à une séche-
resse de six mois, suivie d'orages incessants.
On sait que les marsupiaux n'ont pas besoin
de boire aussi souvent que les autres animaux. Une goutte d'eau leur suffit, et la
plus prochaine mare peut être éloignée de
quinze à vingt kilomètres : un kangurou,
son nourrisson dans sa poche, pourra franchir cette distance sans sourciller.

Le seul danger pour l'existence des kangurous, c'est quand ils sont forcés de transpor-
ter à la gueule leurs jeunes pendant une
longue distance et dans un pays aride. Leurs
forces s'épuisent bientôt ; ils se voient forcés
d'abandonner leurs petits et de mourir à côté
de leurs cadavres, qu'ils ne veulent jamais
abandonner.

La chair du kangurou — au dire des voyageurs — est très-estimée, particulièrement
par les indigènes de l'Australie. On reproche

cependant à cette viande sa maigreur; mais
la queue — la cinquième partie du kangurou,
son levier — est excellente pour faire un po-
tage.

Les languettes de chair de kangurou, re-
cueillies par ci, par là, sur le corps de ces
animaux, dans les parties les plus charnues,
enfilées ensuite à une mince baguette de
bois sec, — comme on le ferait d'une bro-
chette de rognons, — sont un manger exquis.
Il faut les faire rôtir sur des charbons ardents
et avoir... un excellent appétit. Il y a encore
le ragoût de ce gibier à l'étuvée, mêlé à une
partie de porc frais. Un bon cuisinier fait de
cet amalgame un manger exquis.

Je passe à la chasse des kangurous. Les
colons de l'Australie se donnent souvent le
plaisir d'une chasse à ces animaux. Ils les
cernent quand ils sont en hordes, et les tuent
à coups de lance et de bâton.

D'autres fois, on force les kangurous à la
course. Les chasseurs sont montés sur des
chevaux rapides et suivis de meutes dres-
sées à ce genre de sport.

Voici une narration très-curieuse d'une
chasse aux kangurous, que j'emprunte aux
sporting notes d'un voyageur en Australie :

« Après de longues journées de recherches, nous rencontrâmes enfin, vers trois heures de l'après-midi, un kangurou de l'espèce appelée *coureur rouge*, dont la hauteur était d'environ un mètre vingt-cinq centimètres. Le pays découvert offrait pour seuls obstacles quelques troncs d'arbres renversés et des roches couvertes de mousse. Le kangurou paissait sur un terrain plan où croissaient des herbes très-hautes, et mes chevaux lui mirent presque le pied sur la queue. Au moment où il prit la fuite, on eût pu croire que c'était une biche qui s'élançait devant nous. C'est à peine si les pieds de devant touchaient le sol. Tous ces soubresauts s'opéraient à l'aide des pattes de derrière et de la queue. Nous criâmes *tayau*, et les chiens se lancèrent sur la route. Ils suivaient de si près le kangurou, que nous crûmes un moment assister à un prochain hallali.

» Le kangurou gravissait un monticule, et dès qu'il eut atteint ce sommet il s'élança en avant avec une telle vélocité, que toute la meute se trouva distancée. Si à la montée le kangurou ne se sert pas des pattes de devant, il n'en est pas de même à la descente, où elles lui servent de point d'appui quand il exécute

des sauts formidables. Généralement, le kangurou tient tête aux chiens et se défend
comme un désespéré. Chacune de ses pattes
de derrière est armée d'un ongle aussi tran-
chant que le boutoir d'un sanglier. Malheur
au chien qui se risque à sa portée! Dans le
cas où la bête s'empare de son ennemi, avec
ses pattes de devant elle ne tarde pas à lui
labourer les flancs et à le mettre à mort avec
ses ongles tranchants. »

L'homme lui-même ne peut pas se risquer
sans témérité à attaquer un kangurou.

« Un jour, raconte un voyageur austra-
lien, un de ces animaux de forte taille avait
tué un de mes chiens fidèles, qui se débattait devant lui dans les convulsions de l'agonie. Je m'imaginais qu'avec deux ou trois
coups de bâton j'allais porter bas ce kangurou. Je n'avais pas songé à la faiblesse de
cette arme qui, lorsque je frappai, se brisa
en mille atomes. Au même instant je me vis
renversé entre les pattes de devant du terrible
animal, qui s'escrimait de son mieux pour me
déchirer le corps. Le second chien qui restait
près de moi, couvert de blessures, tout ensan-
glanté, n'avait pas la moindre envie d'ac-

courir à la rescousse : il restait paisible spec-
tateur du combat.

» J'avais beau me débattre, il m'était impossible d'échapper aux étreintes de l'animal :
mes forces s'en allaient peu à peu. Le sang
coulait sur mon visage et obscurcissait ma
vue. J'allais succomber sous les embrasse-
ments de la bête poussée au paroxysme de la
rage, qui cherchait à déchirer avec ses ongles ma poitrine et mes jambes, heureusement protégées par un vêtement de toile
rude que l'on nomme un *jampet* en Australie.

» Il ne me restait plus qu'une chance de
salut : il fallait atteindre une branche d'arbre
que j'apercevais à un mètre de la longueur
de mon bras. Une fois maître de cette branche, je m'enlèverais à la force du poignet
pour éviter mon ennemi *quintupède*, — je
parle de la queue, qui n'est pas une cinquième roue à un carrosse.

» Au moment où je me hissais au moyen
de la branche, deux coups de feu retentirent
non loin de moi, et le kangurou, abandonnant sa victime, détendit ses ressorts muscu-
leux et roula inanimé par terre. Je devais la
vie à l'adresse de mon ami, et j'avais été
quitte pour la peur. A cette heure, je suis

devenu prudent, et il ne m'arriverait plus
d'attaquer un kangurou avec un bâton, fût-
il même du bois le plus dur. »

Je fais suivre cette histoire du récit de
deux chasseurs en Australie qui m'a été raconté par les auteurs de la chasse à un kangurou géant :

« Cette énorme bête nous avait entraînés
pendant plusieurs heures à sa poursuite :
elle bondissait comme un cheval de course
quand nous étions à sa portée. A la fin, ce
manége nous exaspéra. Nous convînmes
aussitôt, Gérald et moi, de nous séparer et
d'attaquer le kangurou des deux côtés à la
fois, afin de le forcer à s'arrêter. Le plan était
excellent; il nous réussit à merveille. Nous
acculâmes l'ennemi jusqu'à l'entrée d'une ca-
verne qui s'élevait au milieu du rocher. L'a-
nimal bondissait et il était impossible qu'il
échappât; aussi tomba-t-il percé par un
épieu que mon frère tenait encore à la main.
J'engageai Gérald à attendre, pour achever
le kangurou, que celui-ci eût perdu un peu
de ses forces, mais le méchant garçon ne
m'écouta pas. Tirant son couteau de sa gaîne,
il se jeta sur le kangurou. Je m'apprêtai à
lui donner assistance. Il était temps. La bête

mourante se jeta sur moi, me fit choir par terre au moyen de ses pattes de devant. Mon frère Gérald, au même moment, lui plongeait son couteau dans la poitrine. Mais d'un coup de patte de derrière, la bête rendue furieuse déchirait la peau de mon défenseur et le meurtrissait cruellement.

» Je me relevai aussitôt et j'achevai la bête. Je ne recommencerais jamais une pareille tuerie pour tout l'or du monde. Il me semblait que je tuais un homme. Je me tournai aussitôt du côté de Gérald. Quel spectacle horrible ! son sang coulait à flots et je ne me sentis un peu rassuré que lorsque j'eus pansé sa plaie. Le pauvre garçon mourait de soif. Je courus à la recherche d'une source, et, après quelques efforts à travers les broussailles j'aperçus un vol d'oiseaux aquatiques qui tourbillonnaient au-dessus d'un certain point et s'abattaient tous au même endroit. J'étais heureux. Gérald allait être secouru. »

Depuis que les aborigènes australiens ont abandonné la chasse pour se rapprocher des villes, les kangurous ont tellement multiplié dans certains cantons de la Nouvelle-Hollande, qu'il a paru nécessaire de prendre les grands moyens pour en diminuer le nombre ; sans cela, toutes les récoltes seraient dévorées.

C'est pour cela que, à l'exemple de ce qui se pratique dans l'Afrique australe, on a recours à la chasse do palissades. On entoure un espace de deux ou trois acres à l'aide de palissades d'une élévation de 4 mètres environ. L'entrée de cette enceinte est ouverte, et peut se fermer par de grandes portes à claire-voie roulant sur leurs gonds. Des deux côtés de ces entrées placées sur des plates-formes, et cachés derrière des branchages, sont deux hommes préposés à l'ouverture et à la fermeture des haies.

A l'extrémité de l'enclos dont je viens de parler, dans la partie intérieure, s'ouvre un autre enclos plus petit et tout hérissé de branches d'arbres piquants, dont la communication avec la première est pratiquée de la même façon que pour la grande enceinte c'est-à-dire à l'aide d'une porte fermée et ou verte à volonté.

Les chasseurs rabatteurs lancent les hordes de kangurous dans la direction du grand enclos, où l'on cherche à les enfermer d'abord. Une fois là-dedans, on les pousse dans la seconde enceinte, où le massacre commence.

Une battue du genre de celle dont il est question a eu lieu en juillet dernier à Cara-mutt-Station. Les chasseurs se composaient de gens du pays, auxquels s'étaient réunis ceux de Mac-Artur et de Gum. Il y avait là soixante-dix-neuf chasseurs rassemblés, qui dès huit heures du matin commencèrent à pousser devant eux les kangurous. A onze heures, beaucoup de dames à cheval étaient parvenues au milieu du rendez-vous, c'est-à-dire à l'entrée du grand clos, et la chasse commença.

Les chasseurs, pénétrant dans l'enceinte, s'efforcèrent de pousser les kangurous vers l'entrée du petit parc ; mais les marsupiaux avaient flairé le danger et voulaient éviter la mort. Aussi les chasseurs eurent-ils grand'-peine, tout en employant leurs fouets et en agitant leurs mouchoirs, à effrayer ces animaux et à les empêcher de se disperser de ci de là. Une centaine parvinrent à s'échapper, non sans quelques horions qui en blessèrent quelques-uns très-grièvement.

Ce fut là un des actes les plus intéressants de la chasse : les sauts grotesques des kangurous, la course folle des chasseurs qui cherchaient à arrêter les fuyards, les chutes des cavaliers dans les fondrières, au milieu de la boue, la terreur des jeunes kangurous sortant des poches maternelles et se cachant dans les trous et les buissons, tout offrait un spectacle des plus émouvants.

A la fin, les chasseurs se glissèrent dans la seconde enceinte, où, à coups de massue, ils réduisirent bien vite tous les animaux prisonniers entre les palissades.

Il y eut trois grandes battues de ce genre faites à Caramutt-Station et dans les environs, et l'on compta quatre mille morts, quand la compagnie des chasseurs se sépara.

Les habitants de la Nouvelle-Hollande assurent que deux kangurous mangent autant que trois moutons. On comprend alors pour quelle raison leur destruction est décrétée.

Histoires de Serpents.

Les forêts vierges du Yucatan sont peu connues, par cette raison bien simple que les voies de communication n'existent pas et que ces déserts boisés sont pour la plupart impénétrables. Lorsque les chasseurs parviennent à s'y ouvrir un passage, c'est à l'aide de la hache, et l'on comprend aisément qu'ils n'avancent qu'avec peine et encore dans les endroits où les obstacles consistent seulement en de faibles lianes, en des broussailles ou des cactus.

Souvent il leur faut contourner des murailles formées par les troncs pressés des arbres géants qui dressent leurs têtes altières au milieu de ce fouillis inextricable.

Malheur à celui qui est forcé de passer la nuit dans l'enceinte féerique d'une forêt vierge! Dès que l'astre étincelant a disparu derrière l'horizon, on entend le prélude de ce concert formidable des bêtes fauves sortant de leurs tanières. Ce sont des cris terribles et discordants. De toutes parts les branchages craquent et la terre retentit sous des pas précipités.

Mille ombres noires, aux formes indécises, se croisent dans l'obscurité et des prunelles fauves étincellent parmi les taillis. Ce va-et-vient des animaux effarés, pressés par la faim et la soif, se fuyant, se poursuivant; ces rugissements de rage et ces gémisements

6

d'agonie, c'est le sabbat des carnassiers auquel nul Européen, si aguerri qu'il soit aux périls des courses aventureuses, n'assiste pour la première fois sans éprouver un profond sentiment de tristesse et d'effroi, si ce n'est souvent d'une terreur irrésistible.

Pour celui qui a le courage d'ouvrir les yeux et de regarder à travers cette obscurité à laquelle la vue finit bientôt par s'accoutumer, ce pandémonium animé est un spectacle fascinateur.

Tout va bien cependant tant que ce sont des pumas, des panthères, des chats sauvages, des coyotes, des singes, des opossums, des perroquets, des oiseaux et des animaux qui grouillent pêle-mêle dans cette forêt; mais si l'on interroge du regard certains mouvements sinueux qui ondulent en avançant et en étreignant les branches et les troncs d'arbres ; si l'on remarque ces agitations violentes qui se précipitent dans votre direction, malheur! c'est un serpent monstre qui vous a vu : c'est un constrictor ou un anaconda.

C'est dans cette position que se trouvait, il y a quelques mois à peine, un de nos compatriotes qui, en compagnie de quelques Indiens chasseurs, avait fait halte au milieu d'une forêt du Yucatan. On s'était abrité sous une énorme roche pour y passer la nuit; le feu allumé — après avoir brûlé quelques neures — finissait par s'éteindre; il ne restait plus que des charbons sur des cendres.

M. de S... avait grand'peine à s'endormir.

« Enfin, — raconte le voyageur, — vers minuit, je sentis le sommeil qui venait pour tout de bon. Mieux eût valu rester éveillé. Un cauchemar épouvantable m'oppressait : je rêvais qu'un énorme serpent s'était introduit dans le poste, qu'il avait rampé jusque près de moi, et qu'attiré par la chaleur il s'était blotti sur ma poitrine.

» Je le sentais enroulé sur lui-même, *loué,* comme on dit aux colonies, c'est-à-dire prêt à s'élancer. Je n'osais bouger et cependant ce poids m'étouffait.

» Il y eut même un moment où ce sentiment de suffocation fut si fort que je m'éveillai. Que le bon Dieu vous préserve d'un semblable réveil !

» Ce n'était pas un rêve : le serpent était là, sur ma couverture ; un mouvement que j'avais fait en ouvrant les yeux l'avait sans doute réveillé lui-même, car sa tête s'était

soulevée un peu au-dessus de la spirale for-
mée par le corps, et elle se balançait de droite
à gauche comme si elle cherchait l'ennemi
qui l'avait dérangé. La lune l'éclairait en
plein et je distinguais les yeux noirs du reptile. Il y eut un moment où ils s'arrêtèrent
sur les miens. Rien ne pourrait rendre l'horreur de cette sensation. Enfin la tête se dé-
tourna, et, après quelques oscillations, finit
par s'abaisser sur la masse du corps et resta
immobile en face de mon visage.

» Combien de temps restai-je ainsi, les
yeux ouverts, sans oser, sans pouvoir bouger ou crier? Je ne sais, mais au point du
jour le serpent commença à remuer; je le
sentis qui s'étirait et bientôt, se déroulant
tout doucement, il se dirigea tranquillement
vers la forêt.

» Je fus debout en un instant, et, saisis-
sant mon fusil, je visai le reptile qui rampait
doucement sur le sentier et fis feu des deux
coups l'un après l'autre. Le monstre bondit,
puis retomba immobile. Le serpent était mort
et j'étais tombé évanoui.

» Quand je revins à moi et que je me regardai dans mon petit miroir que je portais
dans mon portefeuille, je crus qu'on m'avait

mis de la farine sur la tête, comme on a coutume de le faire à ceux qui ont reçu un coup de soleil.

» J'avais les cheveux tout blancs ! »

Tout porte à croire que ce boa était fort jeune, sans cela il eût eu les instincts dévorants de ses père et mère. Un constrictor de grande taille eût tout simplement dévoré M. de S... comme ses congénères le font d'ordinaire des cerfs, des peccaris et quelquefois des animaux domestiques.

Les journaux de Mexico ont apporté en France, il y a quelques semaines, l'histoire de la capture de l'un de ces monstres, qui, chez les anciens, eût été pris pour une hydre et vénéré comme telle.

Voici le récit très-exact de cette chasse émouvante qui s'est passée dans les environs de Goalzucoalco :

« Un matin, des chasseurs de peccaris rencontrèrent dans une clairière de la forêt un énorme serpent tranquillement étendu au soleil, remuant légèrement la queue, comme pour se jouer. On remarquait au milieu de son corps un gros renflement qui provenait sans doute de quelque proie qu'il avait avalée.

» Les chasseurs attachèrent un ânon à un arbre avec une grande longe, de manière à ce qu'il pût se mouvoir librement, puis ils lâchèrent un chien de chasse bien dressé contre le serpent, afin de l'obliger à se mettre en mouvement.

» L'expédient réussit : le monstre se dirigea bientôt du côté de l'ânon, qui commença à s'effrayer et à chercher à fuir. Mais aussitôt que le boa l'aperçut, irrité déjà par la ténacité des aboiements du chien, il s'approcha davantage, la tête sur le sol, et, levant tout à coup sa queue, il en donna un si terrible coup à l'ânon, qu'il aplatit le pauvre animal et envoya ses entrailles et son sang à plus de trois vares de distance. Il l'entoura aussitôt avec sa queue et s'enroula peu à peu autour de sa tête ; puis il demeura tranquille et comme aux aguets.

» Une demi-heure après environ, le serpent commença à lécher l'ânon et à l'enduire d'une bave très-épaisse et d'une telle puanteur que les chasseurs n'en pouvaient supporter l'odeur à plus de trente pas. Après cette opération, le monstre leva la tête et se mit à regarder de tous côtés, comme s'il eût voulu s'assurer qu'il ne pouvait courir aucun danger en engloutissant sa proie, car on sait que ces animaux sont alors dans l'impossibilité de faire le moindre mal, voire même de se défendre.

» Il plaça ensuite sa tête entre ses anneaux et resta si longtemps dans cette position que les chasseurs le croyaient endormi et pensaient à lâcher un autre chien, lorsqu'ils le virent remuer et enduire de nouveau le corps de l'ânon de la même manière qu'auparavant. Seulement il travaillait plus vite et poussait une sorte de mugissement.

» L'ânon étant bien enduit de bave, le serpent procéda à sa déglutition en ouvrant une bouche énorme et en commençant par la tête. Mais il s'y prit de telle manière qu'une des jambes de l'animal se mit en travers dans son gosier, ce qui l'obligea à faire des efforts et des mouvements horribles pour avaler.

» Dès que les chasseurs virent la moitié de l'ânon engloutie, ils sortirent rapidement de leur cachette et firent ensemble une décharge de leurs escopettes, visant la queue du serpent, qu'ils criblèrent et mutilèrent complètement, de telle sorte qu'elle ne lui servait plus à se mouvoir et qu'elle restait

inerte et sans force. Certains de pouvoir
alors s'emparer du monstre, ils s'approchè-
rent et lui tirèrent un coup de pistolet dans
la tête.

» Mais le chasseur avait mal ajusté et ne
fit que crever un œil du serpent; cela suffit
cependant pour que celui-ci restât étourdi et
comme mort : l'ânon à moitié avalé se trouvait en barrage dans son gosier.

» L'un des chasseurs dit alors à tous ses
camarades de se jeter sur le cou et sur la tête
du serpent afin de le maintenir, tandis qu'il
lui percerait le nez et passerait, dans cette
ouverture, une lanière de cuir qu'on atta-
cherait à un arbre, car il fallait prendre vivant l'anaconda.

» Les compagnons du chasseur firent bien
ce que leur ami leur conseillait, mais l'animal tressauta avec une telle force qu'il ren-
versa presque tous ceux qui se trouvaient
sur son dos. On fut obligé de lui tirer deux
coups de fusil dans la tête : il finit par mourir.

» Le premier soin fut de mesurer le serpent, une fois qu'on eut la certitude qu'il était
bien mort. Il avait dix vares deux tiers et
trois doigts (plus de quinze mètres) de long,

et près d'une vare de tour. Sa grosseur allait en diminuant jusqu'à l'extrémité de la queue, qui mesurait près de deux tiers de vare. La tête, depuis la bouche jusqu'au cou, avait deux vares moins quatre doigts.

» Malgré sa dimension formidable, ce constrictor était petit, comparablement à celui qui avait été tué précédemment à Izcuintla, et qui mesurait cinquante-six pieds de longueur.

» La peau de ce gigantesque reptile a été exposée à Mexico dans le musée et vendue ensuite à un Anglais qui l'a portée à Londres, où elle est encore aujourd'hui. »

Voici une autres histoire de serpents :

« Les matelots d'un navire anglais, l'*Alabaster*, débarqués à Sumatra, après avoir terminé le débarquement des marchandises de leur trois-mâts, avaient reçu *campo* de leur capitaine pendant quarante-huit heures. L'un d'eux, qui avait des amis dans une plantation située dans le voisinage du port, emmena un de ses camarades de manœuvre pour se donner avec lui quelques plaisirs en-dehors de ceux que les marins trouvent à terre, dans les tavernes du port où ils atterrissent.

» Les deux hommes reçurent le meilleur accueil possible à la plantation où ils s'étaient rendus. Le maître du logis leur prodigua bonne chère et libations exquises ; puis, après le repas, il leur proposa une promenade dans les bois.

» — Seulement, dit-il, emportons des armes avec nous. Moi, je prends mon fusil ; vous, mes amis, chargez-vous d'une hache et d'un coutelas, on ne sait ce qui peut arriver. »

» Les trois amis s'en allèrent en devisant et en fumant des *negritos* qu'ils trouvaient exquis.

» Le planteur leur fit d'abord admirer sa propriété, parfaitement cultivée, puis il les emmena sur les bords d'un lac entouré de roseaux et de grands arbres aux branches desquels pendaient des guirlandes de plantes au feuillage lancéolé.

» Tout à coup, au détour d'un sentier, un bruit fait pour faire frissonner vint frapper l'oreille des promeneurs.

» — Qu'est-ce que cela ? demanda le premier matelot.

» — Quelque cochon sauvage, sans doute,

répliqua le planteur. Ne craignez rien, ces animaux ne vous attaquent point.

» — Mais on dirait un frôlement, le mouvement d'un reptile? ajouta le second marin.

» — C'est vrai, répondit le planteur; dans ce cas, rebroussons chemin. Je n'aime pas ces horribles bêtes.

» — Ni moi non plus, répliquèrent les hommes de l'*Alabaster*.

» A peine avaient-ils prononcé ces paroles qu'ils virent sortir du fourré un serpent à lunettes géant qui se trouvait à deux ou trois mètres d'eux.

» — Fuyons! s'écria le planteur, qui donna l'exemple et détala de toutes ses forces.

» L'un des deux marins, en moins de temps qu'il n'en faut pour l'écrire, avait été saisi et enroulé par le serpent et jeté par terre.

» Le second ne pouvait laisser ainsi son camarade : il tira de sa ceinture la hache qu'il avait emportée, et alors commença un combat épouvantable dont l'homme sortit vainqueur.

» Le serpent à lunettes, haché, coupaillé, tomba bientôt inerte sur le sol. Mais, dans ses dernières étreintes, il avait tellement enserré le malheureux matelot, que celui-ci,

uno fois dégagé, se sentit incapable de se
mouvoir.

» Il fallut que son ami le prît sur ses épaules pour le ramener à la plantation. Là seulement il revint à lui ; mais il avait eu deux
côtes enfoncées et il lui fallut quelque temps
pour se remettre.

» La dépouille du serpent à lunettes tué
par les hommes de l'*Alabaster* fut vendue par
eux à Barnum, à New-York, et figure encore
de nos jours dans le muséum du célèbre ban-
quiste américain.

» Nous ne croyons pas qu'il y ait ailleurs
une peau d'une pareille dimension. »

Le branle-bas d'un Combat naval.

Le navire de guerre qui glisse devant vos
yeux, sur les eaux du détroit des Dardanelles, cher lecteur, c'est le *man of war*,
lisez « homme de guerre : » c'est ainsi que
nos voisins d'outre-Manche désignent un
trois-ponts. — Il se nomme le *Téméraire*.
Tout est en bon ordre à bord de cette grande
masse flottante ; on est prêt à livrer le combat

si le besoin l'exige. L'amiral Hornby a donné les ordres les plus formels pour franchir le détroit et pour repousser la force par la force. Si les forts qui hérissent la côte résistent, on leur livrera bataille. Les armes sont distribuées, les munitions placées à portée de chaque pièce dont la gueule peut être démasquée au premier signal, en soulevant les sabords qui la cachent aux yeux.

Les soldats de marine se sont emparés chacun de leur fusil et des paquets de cartouches que le munitionnaire leur a distribués. Ils ont tous leur sabre d'abordage placé à la ceinture. Les torpilles sont prêtes, les filets tendus ; les hulots sont fermés.

Un seul coup de sifflet et le branle-bas va commencer.

On sait que le *Téméraire* et les autres navires de l'escadre de Sa Majesté Britannique n'ont pas trouvé le moindre obstacle dans cette entrée forcée du détroit des Dardanelles. Quelques protestations seulement, et tout a été dit : mais si, de la terre, le moindre projectile turc était venu tomber dans les eaux de cette flotte prête à se défendre, les ordres les plus formels étaient donnés pour canonner les forts et pour faire taire leurs

feux, en évitant de porter le moindre préju-
dice aux habitants des villages qui sont abri-
tés par ces murailles d'un autre âge, bien
peu faites pour résister, de nos jours, à l'ar-
tillerie de la marine des nations de l'Europe
et du monde civilisé.

L'escadre britannique naviguait, par dix
nœuds à l'heure, à travers un brouillard des
plus épais et d'une rafale de neige et de grêle.
Ni Chanak ni Gallipoli ne s'opposaient à
cette violation des traités, et pourtant un canon Krupp de quarante tonnes eût pu enga-
ger la bataille. Par bonheur, les Turcs ou-
blièrent de se servir de ce dangereux défenseur de leur territoire, et en agissant ainsi
bien firent-ils, car ils eussent été pulvérisés
en quelques moments.

La flotte anglaise défilait sur une seule ligne : on n'entendait pas la moindre parole à
bord de chaque navire, et le seul tic-tac de la
machine brisait ce silence, précurseur ordinaire — dans toutes les batailles navales —
d'une grande pluie de boulets et d'obus.

La mèche en main, tous les hommes des
batteries n'attendaient qu'un coup de sifflet
pour ouvrir le combat. Le capitaine, avec sa
lunette, examinait et sondait l'horizon, et le

drapeau de la Grande-Bretagne flottait hardiment sur l'arrière du navire.

Lorsque le *Téméraire* eut franchi la ligne vis-à-vis de Chanak, celui qui le commandait ne perdait pas de vue le gros canon Krupp au-dessus duquel il s'attendait à voir à chaque instant un peu de fumée, précurseur d'une détonation tonitruante. Cette minute d'expectative eut la durée... d'une longue minute. Mais tout resta calme : le danger d'une collision était passé.

L'orage céleste se déchaîna en ce moment, le brouillard devint plus intense et l'avalanche de neige et de grêle tomba plus dru qu'auparavant. Le courant portait les navires au-delà de leur route et il fallut la plus grande prudence aux officiers de tous ces navires de guerre pour ne pas être portés à la côte, où l'on eût trouvé infailliblement — d'après les avis des autorités turques — des torpilles qui eussent mis en danger les navires anglais.

Lorsque l'on eut dépassé le cap Sestos, le péril n'était plus à craindre. On s'occupa aussitôt à décharger les pièces, à rapporter les munitions dans les magasins et à replacer à leurs râteliers les sabres d'abordage et

les fusils à longue portée. L'escadre anglaise
se trouvait à l'ancre à trois milles de la côte
turque, hors de toute portée de canon.

Le *Téméraire* est l'un des nouveaux « hommes de guerre » de l'invention britannique.
Il porte à son bord huit canons, dont trois
sont du calibre 25 et cinq du calibre 18. Parmi
ses munitions de guerre, on compte des torpilles dites *whitehead fish*, qui sont les plus
dangereuses qu'on ait jamais inventées.

Ah ! c'est une belle création qu'un pareil
navire, non point pour le bien de l'humanité,
vraiment, mais comme type de ce que peut
le génie de l'homme pour la destruction de
ses semblables !

Les officiers et l'équipage se trouvent au
poste de combat ; le commandant est debout
sur la dunette ; les canonniers sont rangés à
leurs pièces ; la générale a battu, les mèches
sont allumées. Tous les soldats, pieds nus,
se sont emparés de leurs *snyders* et les char-
gent en silence. D'autres sont allés prendre
leurs coutelas, et tout ce monde pétillant se
hâte de monter sur le pont, où il est hélé par
le contre-maître.

Si l'ennemi arrive à portée, toute cette maison flottante va bientôt tressaillir de la soute

aux poudres à la cime des mâts. Là où, tantôt, régnait un ordre qui n'existe réellement qu'à bord d'un navire de guerre, l'on verra un bouleversement sans pareil. Des obus viendront briser en éclats ces boiseries vernissées dans lesquelles l'équipage eût pu se mirer; ces cordages goudronnés, cirés près que à la brosse, seront emportés et pendront en lambeaux le long des mâts; les voiles blanches et intactes seront trouées comme des écumoires, les vitres des hulots brisées comme des éclats de cailloux, et le pont lavé et blanchi à grande eau sera couvert de sang et souillé de débris épars de membres humains.

La triste chose que la guerre, et que les souverains qui la déclarent par ambition, par dépit ou par vengeance devraient plus souvent songer à la liste des malheureux qu'ils vont faire, aux orphelins, aux veuves que leur entêtement forcera à répandre tant de larmes!

Que le Seigneur éloigne de nous ce calice!

Pourquoi l'on s'ouvre le ventre au Japon.

« Il n'est pas permis à tout le monde d'aller
à Corinthe, » disaient les Grecs du temps
d'Alcibiade. A notre époque, on peut ajouter
que n'entre pas qui veut dans l'empire japonais. Le sol sacré du Nippon est bien ouvert, — sur les côtes, à Yokohama ; — mais
si l'on désire pénétrer plus avant, ce n'est pas
chose facile. Il faut tout d'abord la permission expresse du grand taïcoun qui siége à
Yeddo, et puis — car ce n'est pas tout — il
s'agit de se procurer une escorte de Yakou-
nines pour être protégé et défendu contre les
attaques des *samouraï* (hommes à deux sabres) qui n'aiment pas les *Todjins*, c'est-à-
dire les Européens.

Lorsqu'on arrive à Yokohama et qu'après
avoir satisfait à l'impérieuse nécessité des affaires qui vous ont amené dans le port principal du Japon on veut se rendre à Yeddo et
visiter la ville merveilleuse, il est urgent de
se prémunir contre tous les événements fâ-
cheux d'une excursion qui offrirait de grands

périls si l'on ne s'entourait pas d'une compagnie de gendarmes du pays, au milieu desquels on se promène, à l'état libre, comme des prisonniers cernés par des agents de police.

Bref, toutes les précautions étant prises, les six ou huit Yakouniues à cheval étant à votre porte, vous prenez vos revolvers et vous vous mettez en route.

Avant de partir, examinons ces gardes du corps dont l'uniforme est réellement fort bizarre. Leur couvre-chef en carton laqué ressemble fort à l'armet de Mambrin, sauf l'échancrure du plat à barbe. Un pantalon de soie couvre leurs jambes, une houppelande à parements très-raides couvre leur justaucorps, à la ceinture duquel sont passés deux grands sabres à lame très-affilée, leurs pieds nus sont enfouis dans des pantoufles de paille, et une double écharpe de soie, passée dans les anneaux du mors de leur cheval, sert à ces protecteurs de votre vie à diriger leur monture.

On peut se rendre par deux voies à Yeddo, lorsqu'on quitte Yokohama : la route de terre, celle de la mer. C'est d'ordinaire la première que l'on suit, et le paysage qui se dresse devant vos yeux des deux côtés du chemin est réellement admirable.

En chevauchant de la sorte, quand les besoins de l'estomac forcent le voyageur à s'arrêter, on met pied à terre devant une *tcha-jia*, autrement dit un caravansérail japonais, maison tenue avec un soin parfait et desservie par de charmantes jeunes filles au costume à la fois bizarre et élégant, à la coiffure lustrée et ornée de grandes épingles à boules d'or. Dans cette hôtellerie, la nourriture est assez primitive : du riz, des œufs, du poisson, des confitures sous toutes les formes, du *saki*, thé très-fort auquel sont mêlées des plantes enivrantes, mais pas de viandes, pas de gibier, pas de nourriture à l'européenne.

Le Japonais, très-sanguinaire quand il s'agit de faire la guerre à l'homme, recule devant la pensée de tuer un bœuf ou un mouton, un poulet ou un canard. C'est comme ça, et c'est à peine si l'on pourrait ajouter foi à ces récits, s'ils n'étaient pas l'œuvre de voyageurs qui ont été jugés dignes de l'honorable confiance nécessaire pour visiter le Japon... mais toujours avec l'escorte indispensable à leur sûreté personnelle.

Lorsqu'on approche des environs de Yeddo, on traverse de très-grands bois qui couvrent toute la contrée, forêts d'une fort belle végétation, dont les essences sont multiples.

Enfin l'on arrive à Sinagama, qui est le faubourg de la capitale où réside le taïcoun. Cette réunion d'habitations, séjour des hommes de la basse classe du pays, couvre 3 kilomètres de terrain et fut brûlée il y a dix ans; mais deux mois après l'incendie elle était reconstruite, grâce à l'activité vertigineuse des maçons japonais et au peu d'exigence des habitants, qui se contentent de quatre murailles avec portes et fenêtres et d'une toiture. L'intérieur du logis se compose d'une série de paravents au moyen desquels on façonne des chambres, des cabinets et des divisions indispensables pour le classement des sexes et les nécessités du ménage. Sinagama n'a rien de bien particulier à montrer aux curieux.

La ville de Yeddo — cité des palais et des jardins — est séparée d'une autre ville — Houdjo — par le grand fleuve Ohagama. Elle est divisée en trois parties : la première se nomme Siro ; c'est là qu'est élevé le palais du taïcoun ; elle couvre 8 kilomètres de circon-

férence et l'on passe et repasse sur trente
ponts élevés sur les canaux, à travers les
lacs, pour visiter tout ce qu'il y a à y voir.
Le Soto-Siro sert de résidence aux *daïmios*
ou seigneurs, princes et nobles de l'empire.
On y compte plus de trois mille palais, sur
le fronton de la porte desquels on peut admirer le blason doré de tous les propriétaires
de ces résidences immenses, dont chacune
contient la demeure particulière du maître,
le harem et les dépendances. C'est là également que sont groupés les *atomothos*, autrement dit les chevaliers, capitaines de l'armée
japonaise, qui tous sont nobles de nais-
sance. On pourrait les désigner comme le
sont en Europe, en Angleterre surtout, les
cadets de famille qui se destinent à l'art mili-
taire.

Les deux côtés du Siro et du Soto-Siro
sont flanqués du Midzi, autrement la cité
marchande. La première partie — celle où
l'on trouve les légations de France et d'Angleterre — regarde la baie de Yeddo, du côté
de Yokahama ; — l'autre longe les rives du
Ohagama. C'est là que l'on s'occupe exclu-
sivement de commerce, aussi bien que dans
le Houdjo, bâti également le long du Oha-

gama et bordé de l'autre côté par une des branches de ce fleuve, le Nokogama. Houdjo est une île attenante à la terre ferme et reliée par des ponts sans nombre avec les autres quartiers et les abords la campagne, du côté de Simosa.

Ce qu'il y a de particulier dans ces quatre cités japonaises qui n'en font qu'une, c'est que tous ces quartiers sont embellis de jardins aux haies de camélias, d'ajoliers en arbre, de lauriers blancs et roses, au milieu desquels s'abattent des oiseaux au plumage doré et argenté.

La police est admirablement faite au Japon, et à Yeddo particulièrement. Quant aux incendies, les précautions contre le feu sont si nombreuses, si bien ordonnées, que du haut de tours étroites les veilleurs à la sûreté publique découvrent le moindre indice de feu, donnent l'alarme et voient accourir sur les lieux du sinistre des compagnies de pompiers qui réussissent assez souvent à atténuer le mal.

Les rues de Yeddo sont d'une rare propreté. Comment en serait-il autrement avec la quantité d'eau qui circule de tous les côtés lans le quartier impérial, aussi bien que lans les autres parties de la grande cité?

On comprendra facilement que les *Todjins* qui sont assez privilégiés pour être autorisés à visiter Yeddo éprouvent un immense étonnement devant le spectacle aussi nouveau que curieux pour eux qui s'étale devant leurs yeux.

La visite du temple, entre autres, offre aux Européens des sensations inouïes. Ce sont partout de grandes allées de cyprès géants, de bosquets fourrés, de vallons verdoyants qui rappellent aux érudits les bocages chantés par Virgile.

De temps à autre, cependant, l'on aperçoit des pierres tumulaires, souvenirs des drames sanglants qui ont ému le Japon il y a cinquante ans environ. Là se dressent devant vous les tombeaux des quarante-cinq *alamothos*, plus loin la citerne où furent jetées leurs têtes ruisselantes de sang. En avançant encore, on vous montre la salle du Temple contenant les statues de grandeur naturelle de ces héros japonais qui, dans le délire de l'enthousiasme, se sont ouvert le ventre.

J'emprunte à M. Lindan l'histoire vérai-

que de ce drame inouï dans les annales de la
folie :

« Une querelle s'était élevée, au sein du
Conseil d'État, entre le *daïmio* Athano-Ta-
kennino-Kami et un grand ministre ; à la
suite de quelques mots vifs et insultants où
l'honneur avait été mis en jeu, Athano ren-
tra au palais, déclara que son antagoniste
avait forfait à la prud'homie et à la dignité
des *daïmios*, et il demanda à sa famille de le
venger par de sanglantes funérailles. Ras-
semblant alors toutes ses femmes et tous ses
officiers, il fit retourner, en signe de deuil,
toutes les nattes richement ornées de la salle
d'honneur, et, après avoir revêtu ses plus
beaux habits d'apparat, il dicta ses dernières
volontés. Quand son secrétaire eut achevé
d'écrire ce testament, Athano leva son sabre
jusqu'à la hauteur de son front en signe de
salut et d'adieu, puis, d'un seul coup, il s'ouvrit les entrailles.

» Le lendemain, à peine le soleil s'était-il
levé que quarante-sept de ses plus fidèles
chevaliers avaient vengé sa mort et rapporté
sur la tombe de leur maître la tête de celui
qui l'avait insulté. Cela fait, — suivant en
cela les lois sacrées du Japon, — ils se ren-

dirent dans le temple de Senga-Routchi, et, à un signal donné, on les vit s'ouvrir leurs quarante-sept ventres. »

Ce trait de mœurs japonaises — qui sont déjà si bizarres dans d'autres détails, — est réellement inouï. L'histoire de ces illustres assassins, que tout bon Japonais vénère à l'égal des héros, a passé et passera à l'état de légende de la gloire et de l'honneur. Du reste, « ces ouvertures de ventres » sont très-fréquentes dans ce pays bizarre, et les nobles donnent souvent l'exemple de ces singuliers duels au suicide.

Il est d'ailleurs convenu que tout Japonais doit faire le sacrifice de sa vie pour tuer celui qui ose attenter à la vie du grand taïcoun. D'autre part, bien plus susceptibles sur le point d'honneur que ne l'étaient les preux du moyen âge, ils sont d'avis qu'un outrage ne peut être réellement vengé que par la mort de celui qui l'a commis.

C'est leur façon à eux de mettre en pratique *les combats en champ clos*, où « le doigt de Dieu » se manifestait et justifiait l'assassinat juridique en désignant la victime comme le vrai coupable.

Dans le Japon, dès qu'un assassin a per-

pétré son crime, il s'ouvre le ventre pour
prouver qu'il sait aussi bien souffrir la mort
qu'il a su la donner. Dans le cas où il survi-
vrait à son crime, on le traiterait de lâche et
les exécuteurs de la loi lui feraient subir le
dernier supplice ; mais si le meurtrier se fait
justice lui-même, sa mémoire sera vénérée à
l'égal de celle d'un héros.

Il arrive souvent que les deux adversaires
conviennent d'une heure pour s'ouvrir le
ventre, chacun chez soi, après s'être querel-
lés, et ils tiennent scrupuleusement leurs en-
gagements. Toute cette façon d'agir est très-
remarquable au point de vue de l'honneur,
tout en étant fort blâmable eu égard à la civilisation, peu avancée d'ailleurs dans le pays
gouverné par le taïcoun.

Voici une histoire des plus véridiques, qui
m'a été rapportée du Japon par un de mes
compatriotes de Marseille dont le séjour à
Yokahama et Yeddo remonte à 1869.

Certain jour de mai de 1874, le prince
Satzuma et le *daïmio* Nagato, deux puissants
seigneurs du Soto-Siro, s'étaient rencontrés
dans les rues de leur quartier, et leur escorte
nombreuse ne voulait pas céder le pas à l'une
ou à l'autre. Le premier des grands seigneurs

envoya le chef de ses gens, nommé Iwa-
Murha, parlementer avec le capitaine de son
collègue, Inano-Kami. De cet entretien, il
résulta ceci, que les deux hommes se répon-
dirent et s'interpellèrent d'une façon gros-
sière. Le prince Satzuma, descendant alors
du palanquin dans lequel il était porté, s'a-
vança du côté du *daïmio* Nagato et lui
adressa mille injures grotesques, en le som-
mant de se ranger pour le laisser passer.

Nagato ne tint aucun compte de ces paroles peu courtoises et riposta en agonisant
Satzuma des insultes les plus malsonnantes.
Sur ces entrefaites, on en vint aux mains et
la victoire resta à Nogato, qui frappa deux
fois Satzuma au visage et le poursuivit à
coups de bottes jusqu'à l'entrée du palais appartenant à ce vaincu de haute lignée.

A peine rentré chez lui, lorsque les fuyards
de son clan eurent regagné le giron seigneu-
rial, Satzuma les fit tous ranger au milieu de
la cour de son palais et leur tint à peu près
ce langage :

— Mes vassaux, votre maître a été sérieu-
sement offensé. Suivant l'antique usage, je
ne puis pas survivre à ma honte, mais je
vous adjure de me venger et je compte sur

vous pour que cette vengeance soit terrible
et qu'il en soit parlé dans l'histoire du Japon.
O mes amis, je vais me séparer de vous en
m'arrachant la vie, mais n'oubliez pas ce
qui est dû à la virginité de l'honneur de Satzuma!

Cela dit, le noble seigneur s'ouvrit le ventre sans sourciller.

A peine avait-il rendu le dernier soupir
que ses serviteurs le placèrent sur un lit de
parade et couvrirent ses restes mortels de
fleurs et de parfums.

Puis ils songèrent à exécuter les ordres de
leur illustre maître. Dans ce but, cinq d'entre
les plus vaillants des *atamothos* du prince
Satzuma allèrent s'embusquer près du palais
de Nagato et attendirent la sortie de ce *daïmio*, qui tous les soirs se rendait au palais
du taïcoun pour rendre ses hommages au
souverain.

Nagato sortit en effet, après le soleil couché, de sa demeure seigneuriale, porté dans
un palanquin richement décoré, et escorté par
dix de ses esclaves.

A peine avait-il dépassé de cinquante pas
le seuil de son palais, que les cinq *atamothos*
du défunt Satzuma s'élancèrent sur ses gens,

les massacrèrent à coups de sabre ou les mirent en fuite, puis, se jetant sur Nagato, Ima-Murha lui coupa la tête d'un seul coup de fer.

S'emparant aussitôt de ce trophée sanglant, il retourna vers le palais de son maître, suivi par ses quatre amis, ses égaux, et alla déposer son trophée humain sur le lit de parade où gisait Satzuma.

— Te voilà vengé, seigneur ! s'écria-t-il. Et maintenant, nous tous, nous allons te rejoindre au séjour des bienheureux.

Et d'un commun consentement les cinq *atamothos* dégaînant leur sabre le plus pointu, le mieux affilé, se percèrent le ventre et ouvrirent la plaie jusqu'à ce que leurs entrailles en sortissent et que la mort fût la suite de cette épouvantable blessure.

La mémoire de Satzuma était saine et sauve. Les cinq suicidés avaient tenu parole, ils l'avaient vengé.

Leurs restes mortels furent transportés au temple de Senga-Routchi, où ils furent placés dans le même tombeau, avec le corps de leur maître.

Au fond d'un Glacier.

Le chamois est assurément un animal qui devrait échapper à la tyrannie de l'homme, ou du moins vivre en paix dans les hautes solitudes où la nature l'a placé comme dans un domaine inviolable. Là où la chèvre n'ose plus avancer, car le vertige commence à la saisir, le chamois bondit d'un pied léger, sans peur et sans inquiétude. Les sommets les plus ardus, les pentes les plus inclinées, les corniches les plus saillantes, la vue des abîmes, la profondeur des neiges, les crevasses et la dangereuse croûte des glaciers, rien ne trouble sa marche, rien ne lui impose la moindre hésitation.

Du moment qu'il aura trouvé un point d'appui, le svelte animal grimpe, court et se promène. Il trotte avec aisance sur la pente des précipices et des montagnes abruptes; il gravit même des parois si escarpées que de loin on dirait qu'elles sont taillées à pic. Une touffe d'herbe, une ride de la pierre, une console dans le roc lui suffisent pour se maintenir. On le voit suivre d'un air paisible des orêtes taillées en lame de rasoir, bordées à droite et à gauche par des abîmes effrayants. Et ce qui est plus extraordinaire encore, c'est qu'il descend par les mêmes chemins inaccessibles au reste des animaux.

Le chamois ne pourrait perdre l'équilibre sans aller se briser au fond d'un précipice insondable.

Tout va bien pendant l'hiver, quand les solitudes sont désertes, lorsque l'homme ose peu s'aventurer dans les Alpes couvertes de neiges et de glaces; mais quand vient le printemps et que les bergers amènent sur les pentes alpestres leurs troupeaux de vaches, de moutons et de chèvres, le chamois se voit forcé d'éviter la présence de l'homme, et pour cela il remonte vers les lieux inaccessibles, au milieu des glaciers qui lui réservent quelque pâturage solitaire, où il échappera pour le moment aux persécutions des chasseurs.

Tous les voyageurs connaissent le glacier qui domine la vallée de Chamonix et que l'on nomme le *Talèfre*, au milieu duquel s'élève le *Courtil*, vieux mot français qui signifie *jardin*. C'est une véritable enceinte qui offre l'image de la désolation et de la mort; la glace y atteint jusqu'à trois cents pieds de profondeur, et de larges fissures scindent de çà de là cette immobile tourmente dont la superficie ondule comme une mer battue par un vent d'orage et immobilisée par une gelée instantanée. Çà et là l'eau qui vient des sources se précipite dans les pentes de la glace, et les parois du rocher sont tapissées d'une herbe tendre et serrée, constellée de fleurs odorantes.

Eh bien! les chamois escaladent sans effort le rocher et viennent paître tranquillement le gazon et les corolles de cette merveilleuse oasis d'où leurs regards peuvent embrasser la moitié de la Suisse.

Les chamois vont en troupes plus ou moins nombreuses, qui comprennent souvent de vingt à trente individus. A la tête marche une femelle expérimentée, qui est souvent l'aïeule de toute la tribu nomade. Quelques-unes de ses compagnes la suivent immédiatement, escortées de leur petit; les mâles se tiennent d'habitude au centre et à l'arrière-garde. Lorsque le troupeau reste immobile, soit qu'il broute, soit qu'il repose, un chamois de l'un ou de l'autre sexe fait toujours sentinelle, et, debout sur la pointe d'une roche, il examine d'un œil vigilant les crêtes, les plateaux, les pentes et les gorges voisines Au bout d'un quart d'heure, un autre le rem place, et ainsi de suite. Dès que le guetteu aperçoit une cause d'inquiétude, il fait en• tendre un sifflement répercuté aussitôt par l'écho voisin, à sept ou huit reprises diffé• rentes.

Le signal indique de quel côté un péril menace la *harde*. Les chamois dressent aus-sitôt la tête et suivent leur guide avec doci-lité, escaladant les mamelons supérieurs, gravissant des côtes ardues, s'enfonçant dans de sinueux couloirs ou plongeant dans des ravins en roulant sur des pierres mouvantes qui s'écroulent sous leurs pieds avec un fra-cas qui trahit leur passage.

Je ferai seulement observer que les cha-mois ne se dérangent jamais que quand le chasseur est à une distance de 150 mètres de l'endroit où ils se trouvent. Ils ne se trompent jamais dans leur calcul.

J'arrive aux dangers que courent les chas-seurs qui poursuivent ce gibier aux pieds si élastiques. Tous mes lecteurs, à peu d'excep-tions près, ont eu de ces cauchemars où ils se figuraient marcher au bord d'un toit, d'une corniche en dehors d'une fenêtre, sur les balustrades extérieures d'un monument gothique. On n'ose ni avancer ni reculer : cette affreuse anxiété dure quelques instants, puis on tombe la tête la première en jetant un grand cri... et l'on s'éveille tout trempé de sueur. Eh bien ! les courses des chasseurs de chamois ne laissent point d'avoir une extrême ressemblance avec ces songes terribles. Un chemin quelconque où ils peuvent poser une semelle entière leur produit l'effet d'une grande route, aussi bien qu'une sente qui donne place à une moitié de leur pied. Ils gravissent souvent des escarpements s. abrupts que leur visage reste à cinq ou six pouces de la pierre pendant toute l'ascension ; qu'on se figure, par suite, les dangers de l'opération inverse. Le montagnard, en descendant, pique dans la terre ou sur le roc la ı inte de son bâton ferré, non point devant lui, mais derrière lui, et s'y appuyant de toute sa force il décrit avec son corps un arc de cercle. Ce bâton lui sert encore à bondir par-dessus les ravines, par-dessus les fentes des glaciers. Bref, le chasseur de chamois parait se précipiter vers les vallons plutôt qu'y descendre.

Que la chasse aux chamois devienne tous les ans fatale à un grand nombre d'hommes, c'est ce que l'on croira sans peine. On conçoit que sur les pentes abruptes des Alpes, dont nul langage humain ne peut décrire les formes diverses, les innombrables aspects, le moindre faux pas entraîne la mort. Il y a de ces chutes qui doivent être effroyables, non pas seulement à cause du malheur qui les termine, — les individus sont nécessairement broyés, — mais à cause du trajet que la victime parcourt avant de venir s'écraser sur le sol. On ne dégringole pas en quelques secondes d'une hauteur de quatre à cinq mille pieds. Une aspérité de granit retient quelquefois le chasseur au passage; il y demeure accroché, plié en deux, le buste et la tête à droite, les jambes à gauche, pâture offerte aux oiseaux de proie; son sang découle le long du roc et tombe goutte à goutte dans l'abîme; les grands aigles, les vautours, les milans, les corbeaux le déchiquettent sur place et emportent entre leurs griffes les lambeaux de sa chair.

Quoi qu'il en soit de la crainte, de la certitude même de cette fin tragique, le chasseur de chamois n'est jamais retenu dans sa cabane. Il éprouve au sujet de son périlleux divertissement une passion aveugle, indomptable, héroïque.

En 1862, un habitant des environs de Lucerne, Mac Helbronn, prit rendez-vous avec un célèbre chasseur du pays nommé Fritz Müller. Ils devaient faire ensemble une battue dans les massifs du mont Pilate. Dès le lever du soleil, ils commençaient leur expédition, et se trouvèrent bientôt, chacun de son côté, sur deux arêtes que divisait une gorge infranchissable, à l'extrémité de laquelle ils pouvaient se rejoindre.

Du fond de cet abîme s'élevait un clocher de granit, un mamelon isolé qui faisait face à une butte, à un renflement plus haut d'environ dix-huit pouces. Un intervalle de douze pieds au moins les séparait. La crevasse était si profonde que la lumière du jour en éclairait seulement la partie supérieure et s'arrêtait ensuite devant une insondable obscurité.

Aussi avait-on nommé cet endroit le *Trou d'enfer*. Ses deux mamelons étaient feutrés d'une herbe ténue, courte et glissante.

Fritz lança bientôt un chamois qui gravissait en pleine course le tertre principal,

quand le chasseur le perça d'une chevrotine.
La pauvre bête, redoublant de vitesse pour
fuir la mort ou pour aller mourir paisible-
ment, atteignit l'extrémité de la butte, et là,
se trouvant en face de la gorge, fit un suprême effort, bondit par-dessus et alla tomber
expirante sur le mamelon isolé.

Fritz poursuivait sa proie avec le fiévreux
emportement d'un chasseur passionné, tandis
qu'Helbronn l'examinait plein d'inquiétude.
Quand ce dernier le vit courir éperdûment
vers le *Trou d'enfer*, il fut saisi de frayeur
et lui cria de ne pas aller plus loin.

Au lieu de ralentir sa course, Müller bondit comme un jongleur, franchit le précipice
et tomba droit sur la verdoyante pyramide.
Ce trait d'audace inouïe arracha au specta-
teur une exclamation qui fit retentir les montagnes, gronda, murmura et s'éteignit peu à
peu dans l'abîme. Max tremblait de tous ses
membres. Fritz ne lui adressa pas une parole, mais il regarda autour de lui, comme
pris de vertige. Il s'assit enfin près du chamois et parut réfléchir. Évidemment il regret-
tait sa folle imprudence. Helbronn le supplia
de ne point se fier à sa vigueur, à l'élasticité

de ses membres, enfin de ne pas renouveler son affreuse tentative.

— J'irai demander du secours aux pâtres que nous avons rencontrés dans le bas de la montagne. Quand bien même tu devrais attendre quelque heures, reste là, je t'en conjure. Nous reviendrons avec des haches, nous abattrons quelque sapin ou quelque hêtre pour former un pont rustique, et je n'aurai point l'amère douleur de te voir périr sous mes yeux. Oh! maudite soit la chasse aux chamois! Nous nous étions promis une si belle journée!

Mais plus son compagnon le priait, plus ses instances réveillaient l'orgueil effréné du chasseur et exagéraient en lui le sentiment de sa force.

Il sembla vouloir montrer enfin que nul obstacle ne pouvait l'arrêter. D'un bras vigoureux, il lança sur la berge opposée le chamois, qui avait rendu le dernier soupir.

Helbronn le vit promener autour de lui un regard ferme et scrutateur, comme s'il mesurait l'espace, et Fritz put ainsi se convaincre par malheur qu'il avait trop peu de terrain pour prendre son élan.

N'importe! l'audacieux jeune homme mi

son fusil en bandoulière, plia, raidit ses jar-
rets et fit un saut désespéré.

Max Helbronn le vit toucher l'autre bord,
plus élevé que le plateau d'où il s'élançait ;
mais, inutile effort! les pieds de Fritz Müller
n'avaient atteint que la lisière extrême du
rocher, où il ne put se tenir en équilibre.
L'herbe courte, épaisse, n'eût offert aucune
prise à ses doigts crispés, s'il eût voulu la
saisir.

Mais il n'eut pas le temps d'y songer. Il
chancela, étendit les bras dans le vide,
comme pour y chercher le point d'appui qui
lui manquait, poussa un cri effroyable et
descendit dans l'abîme avec la rapidité d'une
flèche.

Le pauvre Helbronn s'était jeté sur le gazon, criant, pleurant, sanglotant, n'osant
relever la tête. Enfin il se mit sur ses genoux
et adressa une prière au ciel pour l'âme de
son malheureux ami. Quand il voulut partir,
le vertige s'empara de lui et le cœur lui man-
qua à la vue du gouffre. Il s'éloigna en
marchant à reculons, l'œil fixé et dilaté par
l'horreur.

Le pauvre garçon descendit d'un pas mal
assuré vers le village et vint conter aux

parents et amis de Fritz Müller la fin tragique de son compagnon d'aventures.

Tous ceux qui l'écoutaient poussèrent un cri d'épouvante et les bras leur tombèrent le long du corps en signe de profond découragement.

Helbronn demanda enfin si personne ne connaissait une issue pour pénétrer dans la gorge et y aller chercher la dépouille sanglante du téméraire chasseur de chamois.

Un bûcheron de Stanz s'approcha alors et déclara que le hasard lui avait fait récemment découvrir l'entrée d'une grotte qui peut-être conduisait au fond du couloir où avait péri l'infortuné Müller.

On voulut immédiatement savoir à quoi s'en tenir : chacun courut à sa demeure et y prit une torche de résine qui est toujours en réserve dans les cabanes des habitants alpestres, et l'on suivit le bûcheron, qui se chargea d'éclairer la marche. A la pointe d'une fissure de rocher, cet homme s'engagea dans un trou béant, dans lequel on pénétrait en se courbant en deux : toute la troupe parvint ensuite dans un long couloir, et après maint circuit on arriva au *Trou d'enfer*.

Tous les yeux se baissèrent sur le sol, et

bientôt, sur le rocher qui tapissait le fond de cet abîme, en dehors de la cascade qui jaillissait du glacier, on trouva le corps de Fritz Müller.

Les restes de l'imprudent chasseur de chamois étaient meurtris, déchirés, écrasés, méconnaissables et horribles à contempler.

Ce fut un affreux retour que celui de tous ces bons Helvétiens au hameau, où le défunt ne comptait que des amis. On lui fit de très-sympathiques funérailles : mais cet exemple n'empêcha pas les autres chasseurs de chamois du canton de retourner dans la montagne.

L'abîme attire l'abîme!

Un Combat avec une Pieuvre.

Solidifions la mer et liquéfions la terre, et nous trouverons exactement l'effet d'un moule dans lequel on aurait pris une empreinte. J'entends par cette comparaison expliquer à mes lecteurs que dans les profondeurs des mers on trouve des montagnes, des vallées, des précipices, des caps, des anses, des havres recouverts par l'élément salé. Les moindres îles de la mer ne sont que des cimes, des pics élevés dont la base repose au fond de vastes entonnoirs.

Or, la science a reconnu depuis longtemps et a prouvé à tous ceux qui étudient que dans ces vallons maritimes vivent des êtres inconnus à la surface, qui, comme les éléphants, les rhinocéros, les hippopotames, ne peuvent exister que là, tandis que d'autres ne vivent que sur les altitudes de façon à respirer l'air et à nager dans les flots qui en sont imprégnés.

Du reste, les profondeurs les plus grandes des océans du monde entier ne dépassent pas onze kilomètres, ce qui n'est pas énorme.

Dans ces gouffres immenses vivent des poissons qui ne remontent à la surface de la mer qu'à la suite d'événements tout particuliers.

On a généralement remarqué que la présence de serpents de mer, de poulpes géants, d'encornets fantastiques, n'a jamais eu lieu qu'après le passage d'un typhon ou les commotions d'un tremblement de terre ou d'un soulèvement sous-marin. C'est ce qui explique ces apparitions jetant la terreur chez les gens ignorants ou excitant l'étonnement des savants et des idéologues.

On a traité de fantaisie le combat de Gilliat avec la pieuvre, que M. Victor Hugo, notre grand poète, a si habilement raconté dans les *Travailleurs de la mer*, et rien cependant ne paraît plus vraisemblable quand on veut bien y réfléchir.

La pieuvre géante, l'encornet mastodonte, n'est pas un mythe. Sans remonter aux anciens, qui connaissaient ces céphalopodes et en ont raconté les merveilleuses apparitions, nous nous bornerons à relater les différentes anecdotes qui sont signalées et ont été reconnues authentiques.

Vers la fin du xviii° siècle, les habitants de la côte de Terre-Neuve, vers le 48° et le 50° degré de latitude, au delà de Pine-Light, s'aperçurent que l'atmosphère était empoisonnée à un tel point que, chaque fois que le vent soufflait de la mer, il leur était impossible de respirer. Après maintes recherches, des pêcheurs découvrirent le « cadavre » d'un énorme kracken, — lisez une pieuvre — échoué sur les récifs qui bordaient la mer, au delà du ressac. Le pays étant menacé de la peste, on dépeça le céphalopode et la mer en dispersa les morceaux.

En 1845, le capitaine Wortton, très-connu au Havre et à New-York, avec qui j'avais fait la traversée de l'Océan pour me rendre aux États-Unis, m'a raconté avoir été attaqué, en pleine mer, en dessous des atterrages de Terre-Neuve, par un poulpe géant, qui, étendant ses bras gigantesques, avait « suçonné » son navire, l'*Admiral*, et entraîné un homme de son équipage à la mer. Grâce à ses marins qui se défendaient à coups de hache et coupèrent deux tentacules au céphalopode, le navire put être préservé. Le plus grand des deux tentacules mesurait quatre mètres de longueur et N. Wotton l'a fait empailler pour le garder chez lui comme un souvenir de cette rencontre rarissime.

Parcourez les diverses chapelles de la Vierge, au Havre, à Bordeaux, à Rouen, à Marseille, à Boulogne, vous trouverez parmi les *ex-voto* suspendus aux murailles de ces sanctuaires des images représentant des pieuvres attaquant des matelots qui n'ont échappé que par un « miracle » aux atteintes de ces audacieux encornets.

Sans aller bien loin, M. le lieutenant de

vaisseau Bouyer, commandant l'aviso à vapeur *Alecto*, se trouvait le 30 novembre 1861 à quarante lieues de Ténériffe, lorsqu'il aperçut un poulpe géant qui mesurait — à vue de télescope — sept à huit mètres, et dont les tentacules de trois mètres de long étaient couverts de ventouses. La couleur de cet animal visqueux lui parut rougeâtre, teinte de brique; deux yeux à fleur de tête semblaient gros comme les deux poings, et sa gueule en forme de bec de perroquet pouvait avoir environ trente centimètres d'ouverture. M. Bouyer estima que le poids de ce kracken pouvait être évalué à près de 2,000 kilog. M. Bouyer se trouvait en présence d'un de ces êtres bizarres que l'Océan produit quelquefois, comme pour donner un défi à la science. Il songea à s'en emparer, si faire se pouvait, et ordonna qu'on commençât des préparatifs à cet effet. Par malheur, une forte houle imprimait à l'*Alecto* des roulis désordonnés, et l'animal se déplaçait avec une sorte d'intelligence qui semblait vouloir défier l'approche du navire.

Aux premières balles qu'on tira sur lui, le monstre plongea; on le chercha pendant quelque temps et on l'aperçut de l'autre côté de l'*Alecto* : il avait passé par dessous. Frappé par une dizaine de balles, il semblait insensible à ces coups. Cependant, à un moment donné, on le vit vomir un mélange de sang et d'écume noirâtre, dont l'odeur était celle du musc. A ce moment-là, les marins de l'*Alecto* le harponnèrent et lui passèrent un nœud coulant autour du corps en cherchant à le hisser à bord. La corde serrant cette matière visqueuse, coupa une partie de la bête, et les marins crurent l'instant propice pour venir à bout de s'emparer de ce céphalopode. Mais le lieutenant de vaisseau ne crut pas devoir permettre qu'on songeât davantage à prendre le kracken : il redoutait quelque malheur et il se vit forcé d'abandonner l'animal mutilé, à son très-grand regret.

Avant de raconter la terrible histoire véridique qui va suivre, je donnerai quelques explications sur les céphalopodes. Et d'abord je dirai que cette expression, ce nom donné à la pieuvre, est dérivé du grec, qui veut dire pied et tête, car en effet, chez la pieuvre, ces deux parties du corps sont placées à côté les unes des autres ; et, pour mieux me faire comprendre, j'ajouterai que la pieuvre ressemble à une tête horrible dont les cheveux seraient des suçoirs, des tentacules : la tête de la Gorgone enfin, telle que les anciens la représentaient dans leurs sculptures. En dessous de la tête, ce qui forme le corps de l'animal est une espèce de poche visqueuse, terminée par une nageoire plate, celle de l'écrevisse ou de la crevette magnifiée.

Les céphalopodes sont également appelés calmars, krackens, pieuvres, encornets, et leur nourriture consiste en mollusques, crustacés, poissons de toutes espèces. La présence d'un céphalopode dans les parages d'une pêcherie est un grand désastre : elle amène la désertion de toute la gent écaillée de ces abords.

En somme, ces épouvantails de la mer sont assez rares pour que leur apparition, quand elle a lieu, attire l'attention de tous les marins amenés par leurs opérations maritimes dans les parages signalés.

En 1847, je me trouvais à Mérida, dans le Yucatan, chez un planteur qui m'avait offert l'hospitalité et dont la riche *hacienda* bordait la mer Caraïbe. Tout autour de cette propriété, construite à l'européenne, s'élevaient des cases où logeaient les Indiens attachés à la culture de l'indigo, de la canne à sucre et de la cochenille. Dans le nombre de ces *péones*, l'on me montra deux solides gaillards, aux épaules herculéennes, aux membres solides et nerveux, qui passaient avec raison pour les plus énergiques travailleurs du terribtoire.

Ioka et Mako — tels étaient les noms de ces *péones* — occupaient leurs loisirs à la pêche dans la baie, et leurs prises au filet, à la ligne, au harpon, servaient toute l'année à l'alimentation des maîtres et des serviteurs.

Don Salvador, propriétaire de l'*hacienda*, estimait fort ces deux serviteurs et leur accordait sa confiance la plus entière.

Un matin, on vint avertir mon hôte que l'on apercevait sur un rocher, à un demi-mille de la côte, Mako faisant des signes de détresse et appelant au secours.

Tout aussitôt une embarcation fut mise à la mer et don Salvador et moi nous y jetâmes, avec six rameurs pour nous accompaguer. En dix minutes, nous parvenions à l'endroit où nous attendait le *péone*.

— Malédiction ! s'écria celui-ci dès que nous fûmes à portée de voix, un *mille bras*

9

s'est emparé de Ioka, et je le vois, au fond
de la mer, se débattant contre ce terrible
animal. Voyez, *santa Virgen !* il est perdu!
Que faire?

Nos yeux se portèrent aussitôt vers les profondeurs de la baie, dont l'eau était aussi
transparente que le cristal. On pouvait voir,
sur un fond de sable, un monstre épouvantable qui étreignait le malheureux *péone*,
lequel nous parut étouffé et complètement
inerte. Non-seulement il avait été écrasé
entre les bras puissants du calmar, mais encore il avait succombé à la suffocation, faute
d'air, en restant ainsi loin de la surface.

— Que conseilles-tu? demanda don Salvador à Mako.

— Mon compagnon est mort; je veux le
venger.

— C'est impossible, mon fils, répliqua l'*ha-
ciendero*. Tu périrais comme Ioka. Mais comment ce fatal événement est-il arrivé? ajouta-
t-il.

Mako raconta alors à son maître que,
tandis que son ami et lui pêchaient au palan,
ils avaient aperçu le calmar à une distance
de dix mètres au plus. Ses longs tentacules
se dirigeaient vers leur frêle canot, qu'ils

n'avaient pas tardé à atteindre. En moins de temps qu'il n'en faut pour le raconter, la pieuvre géante avait brisé les planches du you-you et les deux pêcheurs n'avaient eu que le temps de se jeter à la mer. Ils allaient atteindre le rocher quand Ioka avait été saisi par la pieuvre et entraîné au fond de l'eau.

En vain Mako avait-il voulu défendre son camarade. Armé de son couteau, il avait coupé un des tentacules du calmar, qui flottait au-dessus de la mer à peu de distance; il avait deux fois plongé pour attaquer l'épouvantable encornet, mais il avait dû renoncer à sa tentative, de peur de périr lui-même victime de son dévoument. C'est alors qu'il avait appelé à son aide.

— Maintenant, dit-il à don Salvador, voici quel est mon projet. Vous allez m'attacher solidement à une corde neuve... celle-là, fit-il en désignant un câble de sonde. Je vais, le couteau aux mains, me jeter à l'eau et attaquer le calmar. Vous suivrez tous mes mouvements et vous me remonterez quand je vous ferai comprendre, en tirant la corde, que je veux respirer à la surface.

— Mais... objecta le maître.

— Ne me le défendez pas, senor, je vous désobéirais. Je veux venger mon ami ou mourir comme il est mort.

Il n'y avait pas d'objection nouvelle à faire : don Salvador se laissa convaincre.

Suivans ses désirs, Mako fut lié par la ceinture à l'aide du câble désigné par lui, et dès qu'il se sentit solidement retenu il se jeta à l'eau et descendit à pic à douze mètres environ de profondeur.

Nous apercevions dans l'anfractuosité du rocher la pieuvre recoquillée sur elle-même, tenant sous l'un de ses tentacules le cadavre de Ioka, tandis que les autres, lancés en avant, semblaient défier une attaque qu'elle prévoyait.

Mako avait touché le fond de sable à trois mètres de distance de l'endroit où le monstre se mettait en garde. Nous vîmes le *péone* s'avancer le coutelas en l'air et couper prestement un des longs bras du calmar.

A ce coup de maître, le monstre répondit par un prolongement rapide de tentacules, mais Mako remontait de lui-même, en nageant, près de nous et se dérobait à ses atteintes. Il vint respirer à quelques mètres de notre embarcation et nous lui criâmes :

— Bon courage!

A ces paroles, l'audacieux Indien se laissa le nouveau couler au fond. Il avait fait provision d'air et de force. A peine parvenu au fond, il se vit appréhendé au corps par l'un des plus énormes bras du calmar. Mais au même moment l'arme du *péone* pénétrait en pleine poitrine du monstre marin et lui perforait de part en part cette panse mollasse qui contient à la fois et la vie et la force de ces mollusques géants.

C'était un coup de maître, car autrement Mako eût été étouffé et eût subi le sort de son ami. Nous n'eussions relevé qu'un cadavre du fond de la mer, et encore eussions-nous eu nous-mêmes à combattre à nos risques et périls le kracken de la mer Caraïbe.

Comme par enchantement, les tentacules de cet infernal mollusque s'étaient détendus, et la bête immonde remontait à la surface, inerte, flasque, sans autre mouvement que celui de l'impulsion du liquide salé.

Ce qui nous étonnait, c'est que Mako restait encore au fond de l'eau. Nous nous hâtâmes de le remonter à l'aide de la corde, mais nous éprouvions une certaine difficulté dont nous ne nous rendions pas compte.

Qu'est-ce que cela pouvait bien être?

A peine notre pêcheur était-il revenu au niveau de l'eau et de l'air respirable, que nous l'amenâmes sur le bâbord de l'embarcation.

Horreur! le pauvre Mako avait le corps couvert de pieuvres qui toutes l'avaient enlacé, suçonné, entouré à ne pouvoir s'en dépêtrer. Le malheureux était tombé au milieu d'une famille de jeunes calmars, qui, poussés par leur instinct, s'étaient précipités sur lui au moment ou il éventrait leur mère.

Il fut assez difficile de débarrasser le hardi pêcheur de tous ces petits monstres dont le plus gros mesurait un mètre de long de la queue à la pointe des tentacules.

Dès que Mako eut repris l'usage de ses sens, il nous demanda où était la pieuvre.

Nous la lui montrâmes flottant à trois mètres de l'embarcation. Sur ses indications, l'on harponna ces restes immondes que l'on traîna jusque sur le rivage, devant l'habitation de don Salvador.

De rougeâtre qu'il était, le corps de la pieuvre était devenu blanc, et voici quelles dimensions avait cet épouvantable kracken de la mer Caraïbe :

Longueur du corps : 3 mètres ; circonférence : 2 mètres ; longueur des tentacules : chacun 9 mètres 40 centimètres. Diamètre de deux tentacules : 20 centimètres ; longueur des huit autres bras : 3 mètres 30 centimètres ; nombre de suçoirs : 2,000 ; longueur de la queue : 1 mètre ; diamètre des yeux : 30 centimètres.

De la blessure faite par Mako à l'encornet s'échappait une matière noirâtre, semblable à la bourbe musquée que la sèche éjacule quand elle se sent prise, afin d'échapper à celui qui veut s'en emparer.

Mako — cela se comprend — fut félicité par toute la colonie de l'*hacienda* pour sa hardiesse et son courage ; mais le brave garçon était sombre et des larmes coulaient le long de ses joues. Il avait perdu Ioka son ami, son inséparable.

Le lendemain, il voulut aller chercher le cadavre de son féal compagnon : on lui prêta aide et secours et il retrouva en effet cet infortuné *péone* au pied du rocher où la pieuvre l'avait étouffé.

Un fait curieux à mentionner, c'est qu'il était couvert de pieuvres naines qui se repaissaient déjà de ses chairs tuméfiées par un séjour de vingt-quatre heures sous l'eau.

Les Anthropophages.

Dîner est certainement une nécessité qui n'a rien de répréhensible quand on satisfait ce besoin ; mais manger son semblable est un cas pendable, d'après les nations civilisées, qui ont fait des lois à ce sujet.

Si les peuples du Nord ont une horreur toute particulière pour la chair humaine, par contre le cannibalisme est en honneur dans la Nouvelle-Zélande chez les Maoris, dans la Nouvelle-Calédonie chez les Fidjiens et les Kanaks, et dans l'Afrique centrale chez les Moubattos, les Niams-Niams et autres ; les Battas mêmes de Sumatra se font une grande joie de dévorer un de leurs semblables, mais de préférence un blanc quand ils en trouvent l'occasion.

N'allez pas croire, amis lecteurs, que ces peuplades soient encore complètement abruties et que ce goût pour la chair humaine provienne d'une aberration, d'un acte de folie. Ces nations barbares, qui ont des lois religieuses et civiles écrites et pratiquées, sont cannibales par instinct, par éducation. Pour elles, manger de la chair humaine, c'est satisfaire une passion gastronomique pour un mets préféré à tout autre, comme nous le ferions pour le plat le plus succulent préparé par nos cuisiniers émérites.

L'anthropophagie est donc un raffinement de la table des sauvages.

Les Niams-Niams, tout en étant des agriculteurs et des travailleurs dont les récoltes et les chasses pourraient satisfaire les besoins, sont cependant portés vers l'anthropophagie et se vantent hautement de ce goût particulier.

Les Moubattos, plus civilisés encore que les Niams-Niams, sont cependant plus gourmands de chair humaine que leurs congénères. Ils font de cet horrible mets leurs repas ordinaires; ils recueillent la graisse de leurs semblables avec soin et s'en servent comme condiment, au lieu et place de beurre ou d'huile. Ils vont même — par précaution — jusqu'à saler le reste des membres qu'ils n'ont pas dévorés, et on voit souvent chez eux des prisonniers, réservés pour ces repas épouvantables, parqués et bien nourris afin d'être gras et à point. C'est ainsi que chez nous on alimente les moutons, les bœufs, les cochons, les volailles et tout ce qui se mange.

Il est probable que ce goût pour la chair de l'homme a été souvent développé par le manque d'autres aliments; mais après y avoir tâté, les cannibales y ont pris plaisir et ils sont d'avis que ces lambeaux, crus ou rôtis, sont le *nec plus ultra* de la gourmandise.

On sait que les Kanaks, quand ils sont privés de cette cuisine tant appréciée, ne trouvent rien de mieux que de déclarer la guerre à leurs voisins, afin de faire des prisonniers et de reconstituer leur garde-manger. Ce qui prouve la vérité de cette assertion, c'est que, dès le moment où les Kanaks ont fait un nombre suffisant de prisonniers, ils se contentent du *gibier* capturé et se retirent sur leur territoire.

Le capitaine Cook avait cru qu'en important le cochon dans la Nouvelle-Zélande il arrêterait l'anthropophagie : il n'en fut rien. La chair de porc parut moins savoureuse aux indigènes que la viande humaine, et à l'heure

actuelle les animaux proscrits par les lois
de Moïse sont devenus si nombreux dans les
îles de cet archipel, qu'il est devenu indispensable de les détruire par tous les moyens
possibles.

Les habitants des îles Fidji, qui font partie
de la Mélanésie, sont célèbres par les fêtes
anthropophagiques qu'ils se donnent le plaisir d'organiser aussi souvent que possible.
On y dévore tout d'abord les prisonniers de
guerre, puis les gens sans asile et les femmes
qui ne peuvent se défendre. On a vu, à ces
agapes épouvantables, le père dévorer sa
fille, le fils se repaître de sa sœur.

Il y a à peine trois ans, les Fidjiens Val-
Kalous, Vivias et Taï-Vungalis attaquèrent
plusieurs villes de Solovia et firent d'horribles festins avec leurs prisonniers. Un monsieur Barns, sa femme, ses enfants et onze
serviteurs de sa ferme furent pris et dévorés
par les cannibales avec accompagnement
d'orgie la plus effrénée.

Ces crimes doivent-ils être attribués à une
passion immodérée pour la chair humaine ?
C'est assez croyable, car ces festins monstrueux se font toujours chez les sauvages
avec de grands préparatifs, comme chez les

peuples policés quand on donne un dîner de gala.

Un de nos amis, revenu il y a peu de temps des îles Fidji, nous racontait de la façon suivante un repas de cannibales.

« Nous étions cachés sur le sommet d'une montagne boisée, quand au bout de nos lunettes nous aperçûmes une douzaine de Fidjiens assis autour d'un feu. Devant eux, sur des feuilles de bananier, il y avait des morceaux de viande rôtie et des ignames cuits sous la cendre. Tous ces indigènes semblaient dévorer leur part avec une satisfaction qui se peignait dans l'expression de leur visage. C'était une joie farouche qui brillait dans leurs yeux, et ils mettaient les morceaux doubles. Leur chef — un grand diable qui avait une barbe noire et une tête démesurément crépue — nous paraissait jouir d'un appétit formidable. Après avoir avalé en quelques bouchées une espèce de gigot, il s'empara, dans le trou où la viande avait cuit, d'un morceau rond que nous reconnûmes tous pour une tête humaine. Horreur! les Fidjiens dévoraient un homme ou une femme, mais c'était de la chair humaine! Le démon déchiqueta à belles dents la chair des joues.

à l'aide d'un bâton, il fit sauter les yeux hors de leur orbite et suça longtemps le contenu des deux cavités. Puis il écrasa à coups de pierre le crâne, afin d'en extraire la cervelle, qui sembla être pour lui le comble de la délicatesse la plus exquise. Il se pourléchait les lèvres à chaque bouchée. Nous détournâmes enfin les yeux de cet effroyable spectacle. Et d'ailleurs la place n'était pas sûre et nous pouvions tomber entre les mains de ces mangeurs de cadavres humains. »

Voici une histoire des plus véridiques, racontée par un témoin oculaire, qui s'est passée à Sumatra, dans la tribu des Battas, où existe un code pénal, une jurisprudence atroce qui condamne les criminels et les prisonniers à être *mangés vifs*.

« Le navire *le Caïman*, de Marseille, avait été poussé vers la côte de l'île par une tempête et avait touché sur un récif. Les indigènes, qui espéraient s'emparer du vaisseau et le piller à leur aise, virent avec regret, à la marée montante, le *Caïman* se relever et s'éloigner de cent encâblures de cette côte dangereuse. Parvenu vers un fond sûr, le capitaine avait fait jeter les ancres pour réparer ses avaries. Il avait une ou deux *côtes* du

Caïman enfoncées ; une voie d'eau s'était déclarée ; mais, grâce aux soins et à l'habileté
du charpentier, tout le mal fut bien vite ré-
paré. Le capitaine, avant de s'éloigner de
cette plage inhospitalière, voulait faire aiguade : il fit armer la péniche et six matelots
y descendirent les barriques vides, puis s'af-
falèrent eux-mêmes dans l'embarcation pour
se rendre à l'embouchure d'un ruisseau que
l'on apercevait débouchant dans la mer. Tous
ces hommes étaient armés et le second se
joignit à eux pour les protéger et diriger
l'expédition.

» Quand la péniche aborda sur la côte,
l'on ne vit rien qui pût donner l'alarme. Les
abords étaient déserts ; les indigènes semblaient s'être retirés pour éviter le combat,
par crainte des armes à feu, dont ils n'étaient
pas pourvus eux-mêmes de façon à répondre
aux balles par des balles.

» Les matelots roulèrent les tonnes vides
vers un bassin naturel qui était rempli d'eau
et où ils purent les remplir à pleins seaux.
Ils étaient occupés à entonner le liquide dans
la dernière barrique, quand une flèche siffla
aux oreilles de l'un des matelots et alla atteindre son camarade à l'épaule gauche.

» — Aux armes ! s'écrièrent les deux hommes.

» Et tous les sept sautèrent sur leurs fusils et se mirent en mesure de riposter à la force par la force.

» Au même instant, une nuée de flèches vola autour d'eux : tous ces projectiles venaient d'un bouquet de bois sombre et touffu situé à une demi-portée de fusil de l'aiguade.

» — Feu ! s'écria le second.

Et toutes les armes furent dirigées vers un même point.

» Pendant que les matelots rechargeaient leurs mousquets, vingt Battas, armés de tomahawks et de haches en silex, se précipitèrent sur eux, et la bataille s'engagea.

» Le second, suivi de quatre de ses hommes, put sauter dans la péniche et faire force de rames, tandis que les deux pauvres matelots restés à terre étaient terrassés par les Battas et faits prisonniers. C'est en vain qu'avant de s'éloigner les matelots du *Caïman* purent diriger une fusillade bien nourrie sur leurs ennemis : ceux-ci s'étaient réfugiés dans le fourré, entraînant leurs prisonniers et deux des leurs qui avaient été abattus par des balles bien dirigées.

» De retour à bord, le second fit son rapport et il fut décidé qu'on ne s'éloignerait pas de Sumatra sans tirer une terrible vengeance de l'attaque qui avait eu lieu et sans arracher à la mort les deux infortunés qui y étaient fatalement destinés.

» Le *Caïman* comptait dans son équipage vingt-sept hommes bien résolus, qui ne reculaient devant aucun péril. Tous se proposèrent pour faire partie de l'expédition, qui fut renvoyée au lendemain matin. Le capitaine devait se mettre à leur tête : on ne laisserait à bord que sept hommes pour veiller au salut de la maison flottante.

» Pendant que ceci se passait sur le *Caïman*, les deux matelots capturés par les Battas avaient été entraînés, à une lieue de la côte, dans un village composé de huttes au centre desquelles une plus grande était la demeure du chef suprême de la tribu.

» Le conseil fut tenu par les autres chef, et il fut décidé que les ennemis des Battas seraient mangés vifs, le lendemain, à midi. On vint lire leur sentence aux deux pauvres matelots, et ces infortunés se résignèrent stoïquement à leur sort.

» C'est de l'un d'eux que nous tenons le reste de ce récit.

» Dès l'aube, les Battas avaient élevé une sorte d'échafaud au bout duquel se dressait une poutre ayant au sommet une traverse destinée à suspendre les condamnés à mort par les bras. On amena les deux infortunés, et le premier attaché au gibet fut un nommé Carlo Sandras, un Espagnol de vingt-trois ans, fort et solide gaillard qui se débattait inutilement contre ses ennemis. Malgré ses efforts, il fut attaché au pilori, et alors le supplice le plus affreux qui soit au monde commença pour lui. Le chef, armé d'un couteau — à tout seigneur tout honneur — s'avança le premier et choisit son morceau, qu'il découpa sur la croupe du pauvre Sandras, qui poussait des cris lamentables. Les chefs vinrent ensuite et tour à tour coupèrent sur ce corps pantelant les lambeaux à leur convenance. Enfin le chef de la tribu, qui avait achevé sa première portion, revint à la charge et coupa la tête au pauvre supplicié, pour mettre fin à ses tortures et se repaître de ce mets sanglant et de haut goût.

» Les restes du cadavre furent alors dépecés et la chair dévorée séance tenante, crue ou grillée, suivant le goût des convives de cet épouvantable repas juridique.

» Au moment où le second matelot, nommé André Michel, de Mouriès près Arles (Bouches-du-Rhône), allait être attaché au poteau sanglant et subir le même sort, deux sauvages qui n'avaient point pris part à la fête cannibalesque se précipitèrent sur le lieu où se passait ce supplice infernal et annoncèrent aux chefs et à leurs amis qu'une troupe de blancs se dirigeait au pas de course vers le kraal.

» Ces mots suffirent pour jeter les Battas dans la plus grande anxiété : ils se hâtèrent d'emmener André Michel, qui fut jeté au fond d'une cabane obscure, — la geôle du kraal, sans doute, — et tous coururent aux armes. Ils avaient bien deux fusils pris la veille, avec les deux matelots, à l'aiguade de la côte, mais les cartouches manquaient et ils s'étonnaient que les détonations ne se fissent pas entendre quand ils avaient armé les chiens et pressé la gâchette.

» Ils recoururent donc à leurs armes ordinaires, leurs arcs et leurs flèches. Mais en présence de vingt hommes tous armés de remingtons et faisant sur eux une décharge régulière et rapide, il leur fallut prendre le parti de la fuite. C'est ce qu'ils firent.

» Poursuivis par les hommes du *Caïman*, les anthropophages ne durent leur salut qu'à la vitesse de leurs jambes et à la connaissance qu'ils avaient des localités au milieu desquelles ils vivaient.

» Dix sauvages restèrent sur le carreau, et les hommes du *Caïman* les pendirent aux cocotiers qui ombrageaient le kraal. Une douzaine de femmes, les plus vieilles de la tribu, furent impitoyablement massacrées, malgré les objurgations du capitaine du navire. On ne fit grâce qu'aux enfants, qui, au nombre de trois, furent destinés à être emmenés à bord. Le plus âgé avait dix ans, le plus jeune cinq.

» Puis on se décida à mettre le feu au kraal : au moment où un des hommes de l'escouade victorieuse allait jeter une torche dans une cabane séparée des autres, il entendit un gémissement et voulut se rendre compte de ce bruit inattendu. Quel ne fut pas son étonnement en retrouvant son camarade André Michel, ficelé comme un saucisson de son

pays et bâillonné avec la plus cruelle habi
leté.

» Le débarrasser de ses liens fut l'affaire
d'un instant, et le prisonnier miraculeuse-
ment délivré put raconter le sort cruel qui
lui était destiné, la fin malheureuse de son
camarade d'infortune, et les angoisses terribles qu'il avait éprouvées pendant le supplice de son ami. »

Nous lui avons entendu renouveler pour
la millième fois cette épouvantable descrip-
tion d'un repas d'anthropophages, car il demeure encore à Mouriès, où il s'est retiré
après avoir servi pendant douze ans à bord
du *Caïman*.

Les peuples chasseurs de la Russie d'Europe.

Dans les régions les plus septentrionales
de la Russie d'Europe, dans ces vastes plaines marécageuses, couvertes de bois, s'étendant du pied des monts Ourals jusqu'aux
rives de la mer Glaciale, où la rigueur du
climat et en partie même la nature du sol

opposent des obstacles invincibles à toute
tentative d'agriculture, il existe jusqu'à ce
jour des peuplades qui font de la chasse leur
unique, ou du moins leur principale ressource. L'état de ces peuplades éloignées et
peu nombreuses n'a presque pas subi de
changements depuis l'époque où l'histoire de
la Russie en fait mention pour la première
fois; qu'elles aient été au moyen âge tribu-
taires des bourgeois de Novgorod, que les
belles fourrures, produits de leurs chasses,
aient servi à enrichir les habitants de cette
orgueilleuse et puissante cité, qui les ven-
daient avec un énorme bénéfice à ces hôtes,
ces marchands des villes anséantiques, propriétaires d'une vaste et importante factorerie
dans l'ancienne capitale de Rurik et de
Yaroslaff; que la Russie ait été envahie par
les Tartares ; qu'elle en ait secoué le joug;
que Pierre-le-Grand ait élevé cet Empire au
rang d'une des premières puissances de l'Europe : la destinée des habitants de ces contrées incultes n'en a pas été modifiée d'une
manière bien sensible, et si la civilisation
européenne a pu, en quelque sorte, étendre
sa bienfaisante influence jusqu'à ces régions
inhospitalières, ce n'est qu'en offrant de

meilleures armes à ces peuples chasseurs.

Aujourd'hui, comme dans les temps les plus reculés, les Samoïèdes, établis dans les districts septentrionaux du gouvernement d'Arkhangel, gardent leurs troupeaux de rennes sur les rives du Mézen et de la Petchora, en se vouant tour-à-tour à la pêche, ou à la chasse des ours blancs, des renards polaires, des phoques et des oiseaux aquatiques, si nombreux sur les bords de la mer. Un peu plus au midi, dans les profondes forêts dont les districts de Yarensk et de Oust-Sissolsk, du gouvernement de Vologda, sont couverts presque dans toute leur étendue, les Sirianes, peuplade d'origine chinoise, s'occupent principalement de la chasse des bêtes fauves ou du gibier. Les rennes, les élans, les ours, les loups, les renards, les blaireaux, les loutres, les gloutons, les castors et les lièvres abondent encore dans les bois de ces contrées; on y trouve de même des bêtes dont la fourrure est plus précieuse, telles que la martre zibeline et l'hermine; l'écureuil strié (*sciurus strictus*), ainsi que l'écureuil ordinaire (*sciurus vulgaris*), y sont surtout un des objets les plus importants de la chasse. Les Sirianes y poursuivent également différentes espèces d'oiseaux, le cygne et l'oie sauvage, la perdrix, le coq de bruyère, et même la grue, le héron et le milan La chasse aux gélinottes, nommément, est la plus productive après celle aux écureuils.

L'arme ordinaire des Sirianes, dont ils se servent avec une adresse très-remarquable, est une carabine rayée d'un très-petit calibre, le diamètre intérieur du canon n'étant guère que de 1 1/2 ou au plus deux lignes, de sorte que les balles, du poids de 300 à la livre, excèdent à peine la grosseur du plomb n° 1, dont on se sert dans le reste de l'Europe pour la chasse des gros oiseaux. La quantité de poudre dont on charge une pareille carabine ne pèse guère plus de 1/6 de zolotnik, et, bien que ces armes soient munies en général de platines à pierre d'un travail assez grossier, de manière qu'il en faut presqu'autant pour l'amorce, une livre de poudre fournit cependant jusqu'à 350 charges; si les carabines avaient des platines à piston, la même quantité de poudre suffirait pour environ 600 charges.

Un tampon enduit de suif, appliqué sur la charge, sert en même temps à rendre plus glissant l'intérieur du canon : précaution nécessaire, parce que le diamètre de la balle est toujours un peu plus grand que celui de la carabine ; elle n'y entre que par force, et les Sirianes aiment à voir que les rayures du canon forment de profondes entailles sur la surface du projectile, parce qu'ils croient que la justesse du coup en dépend. Pour cette raison, ils évitent en général de se servir d'une balle coulée dans un moule, ou de plomb confectionné moyennant le procédé ordinaire ; ils trouvent que des projectiles fabriqués ainsi deviennent toujours trop durs, du moins à la surface, qu'on ne peut, par conséquent, forcer suffisamment, et ils préfèrent un petit morceau de plomb très-tendre, auquel ils donnent une forme à peu près sphérique en le roulant entre les dents pendant qu'ils suivent leurs chiens sur la piste du gibier.

On conviendra qu'il faut une habileté peu commune pour abattre, avec une arme pareille et avec un seul plomb, une gélinotte à distance de 50 ou 60 pas. Cependant on trouve des Sirianes qui ne manquent jamais un oiseau, qui même se font forts à toucher à la distance que nous venons d'indiquer une pièce d'un quart de rouble d'argent. Quelques difficultés que présente d'ailleurs l'usage de leurs carabines, ils les préfèrent à toute autre arme, parce qu'ils craignent qu'une balle plus grande ou une charge de dragées n'endommageât la précieuse fourrure de l'hermine et de l'écureuil. Quelques voyageurs, revenus de ces contrées éloignées, ont même prétendu que les Sirianes ne visent invariablement qu'à la tête de l'écureuil afin d'en conserver la peau dans toute sa beauté, et que le chasseur maladroit, dont le plomb aurait frappé quelqu'autre partie du petit animal, se verrait exposé pendant long-temps aux plaisanteries de ses camarades : mais ceci est une exagération. La chasse aux écureuils présente trop de difficultés ; cet animal furtif, fuyant jusqu'à la cime des arbres dès qu'il aperçoit le chasseur, sait trop bien se cacher entre les branches pour qu'on puisse choisir son but ; trop heureux de l'apercevoir un instant ; il faut l'ajuster au plus vite et sans chercher à distinguer la place où l'on vise. Du reste, quelque habile que soit un chasseur Siriane, jamais il ne tirera sans appuyer sa carabine sur la branche d'un arbre, ou sur une espèce de fourche en bois dont il a soin de se munir dans ses expéditions.

Deux époques de l'année sont surtout importantes pour eux; celle des chasses d'automne, qui commencent vers la fin de septembre et se prolongent jusqu'au mois de décembre, et celle des chasses d'hiver, pour lesquelles on part au mois de janvier, dès que la neige est devenue assez compacte pour qu'elle puisse porter le chasseur.

A l'approche de ces deux saisons, les Siriaues, réunis en groupes plus ou moins nombreux, quittent les chaumières autour desquelles ils cultivent quelques champs, dont les moissons, souvent détruites par les gelées prématurées de l'automne, ne leur offrent qu'une ressource très-précaire; c'est à 100 ou à 200 verstes de leurs habitations qu'ils vont s'établir au sein des bois. Les Siriaues des rives de la Petchora vont même beaucoup plus loin, et, passant la chaîne de l'Oural, pénètrent jusque dans les plaines de la Sibérie. En automne, les grands fleuves, dont le pays est sillonné, facilitent ces expéditions, et permettent de faire une partie du chemin en bateau; en hiver, ils voyagent en glissant sur la neige moyennant de lon-

gues raquettes, c'est-à-dire des planches
couvertes de peaux de renne, dont les bouts
sont recourbés par en haut, assujéties aux
pieds comme des sandales.

Un bivouac autour du feu leur sert de gîte
pendant la route ; égarés dans ces solitudes
d'un aspect partout uniforme, ils ne pouvaient s'orienter autrefois qu'en examinant,
comme les Indiens de l'Amérique, l'écorce
des arbres toujours plus épaisse et plus dé-
chirée du côté du nord : mais aujourd'hui on
n'en voit guère s'enfoncer dans les forêts
sans être munis d'une boussole. Arrivés au
but de leur voyage, ils ont bientôt construit
une espèce de hangar, qui d'après nos idées
n'offre qu'un bien mauvais refuge contre
les intempéries de l'air ; souvent ce n'est
qu'une espèce de tente, une hutte de branches d'arbres et d'écorce de bouleau soute-
nues par quelques perches. Toutefois, si la
troupe visite pendant plusieurs années de
suite une même région de ces immenses forêts, cette chétive cabane est remplacée par
quelque habitation d'une construction plus
solide en charpente, et qu'un petit poêle
permet de chauffer. On voit habituellement
à côté de la chaumière un magasin élevé

quelquefois sur quatre, le plus souvent sur
un seul pilier, à 6 ou 8 pieds au-dessus de la
surface du sol, afin de le rendre inaccessible
aux loups et aux ours qui rôdent dans les
bois. C'est là que l'on serre les provisions et
les produits de la chasse pendant que tout
le monde s'éloigne pour chasser dans les environs.

L'on conçoit qu'il n'est pas aisé de tuer un
ours avec une arme telle que la carabine des
Sirianes ; aussi prend-on ces animaux le
plus souvent, ainsi que les renards, dans des
piéges qu'on leur tend là où l'on remarque
leurs traces, parce qu'on sait qu'ils ont assez
l'habitude de passer constamment par les
mêmes sentiers en revenant au gîte.

Pour prendre les élans et les rennes, les
Sirianes construisent dans les forêts, surtout
dans les endroits où la mousse d'Islande
croît en abondance, deux clôtures en perches parallèles l'une à l'autre, laissant en-
tr'elles un passage assez étroit et prolongé en
ligne droite, quelquefois sur une étendue de
plus de 20 verstes. On a soin de laisser dans
la haie, de cent pas en cent pas, des ouvertures devant lesquelles on creuse des fosses
profondes d'au moins une sagène, et que l'on

cache en les couvrant de branches, d'herbe, de mousse, etc. L'élan, qui est entré sans s'en apercevoir dans cette étroite ruelle, veut à la fin en sortir, passe par une de ces ouvertures, tombe dans la fosse, et se tue le plus souvent, précipité sur le pieu pointu dont on a garni le fond. Souvent le chasseur y trouve même une proie à laquelle il ne s'attendait pas; il n'est pas rare qu'un ours se jette dans la fosse pour y déchirer l'animal pris au piége.

Les martres zibelines et les hermines sont également prises souvent dans les piéges suspendus sur des perches entre deux arbres; un morceau de chair de gélinotte, dont les martres surtout sont extrêmement friandes, sert d'appât pour les y attirer.

Mais, comme nous l'avons déjà dit, c'est surtout la chasse aux écureuils et celle aux gélinottes que les Sirianes regardent comme leur principale ressource; et dans les bonnes années les écureuils paraissent effectivement à l'époque de leurs migrations du midi au nord, ou de l'est à l'ouest, en si grand nombre dans les forêts de ces régions septentrionales, qu'un chasseur habile peut en tuer jusqu'à cent en un seul jour. Le plus souvent ces animaux viennent en automne du côté du midi pour se diriger vers le nord ; mais quelquefois il en arrive une quantité extraordinaire par la chaîne de l'Oural des plaines de la Sibérie, en se dirigeant vers l'ouest, et dans ce cas ils vont, en traversant les bois des gouvernements de Vólogda, d'Arkhangel et d'Olonets, jusqu'en Finlande et en Suède.

Lorsque le temps est beau, l'écureuil, éveillé et agile, paraît trouver du plaisir à entendre les aboiements du chien, il saute comme en jouant de branche en branche, sans témoigner d'effroi; mais à peine a-t-il aperçu le chasseur, qu'il s'éloigne avec une rapidité extrême en sautant d'arbre en arbre, et la poursuite en devient quelquefois très-difficile. Par un temps humide, au contraire, l'animal, triste et paresseux, n'osant sauter parce que sa queue mouillée lui offrirait en l'air un soutien moins sûr, tâche d'abord de se cacher entre les branches, autant que possible du côté de l'arbre opposé à celui où se trouve le chasseur. Aussi les Sirianes, connaissant les difficultés de cette chasse, y vont-ils presque toujours à deux; l'un des chasseurs frappe avec force le tronc

de l'arbre devant lequel le chien s'est arrêté,
force ainsi l'écureuil effrayé à sortir de sa
cachette pour en chercher une plus éloignée,
et le second chasseur, posté à l'affût, tâche
de profiter alors du moment où il aperçoit
l'animal sautant d'une branche à l'autre, ou
se glissant le long du tronc.

Quelquefois, lorsque les arbres de la forêt
sont trop agités par le vent, l'écureuil con-
tinue son voyage sur le gazon, et c'est alors
qu'il est le plus facile de le tuer. Il se sauve bien
sur un arbre dès qu'il aperçoit le chasseur,
fuyant s'il le peut jusqu'à la cime, mais il
suffit de siffler ou de faire un bruit quelconque pour qu'il s'arrête un moment et se retourne assis sur ses pattes de derrière, en regardant le chasseur ; c'est de ce moment qu'il
faut alors profiter.

Les Sirianes sont du reste tout aussi su-
perstitieux que tous les autres chasseurs de
la terre, et quelques-unes des règles déduites
de l'expérience, à ce qu'ils prétendent, sont
assez singulières ; c'est ainsi qu'un Siriane
ne cherchera dans toute la journée des écureuils qu'au haut des sapins rouges (*pinus
abies*) si le premier, tué le matin, s'est trouvé
sur un arbre de cette espèce, et il est ferme-

ment convaincu qu'il en chercherait en vain ailleurs. Si c'est au contraire sur un sapin (*pinus sylvestris*) qu'il a aperçu son premier gibier, il ne porte ses regards que sur les sapins pendant toute la journée.

Pour la plupart les Sirianes vendent les peaux des écureuils et les autres fourrures, produit de leurs chasses, aux marchands de Tcherdynsk et d'Oust-Sissolsk qui viennent les chercher chez eux, pour les expédier ensuite à la foire de Nijny-Novgorod. Quant aux gélinottes, les marchands d'Oustioug et de Solvytchégodsk en transportent chaque année en hiver une très-grande quantité à Saint-Pétersbourg et à Moscou.

En 1873, année réputée mauvaise, l'administration a vendu dans le seul district de Oust-Syssolsk jusqu'à 200 pouds de poudre, quantité qui suffit pour environ 300,000 charges; le nombre des peaux d'écureuils, vendues au prix de 210 rbls. ass. le mille, et expédiées à Nijny, a été évalué à 60,000; celui des gélinottes achetées pour le marché des deux capitales à raison de 40 ou 60 cop. la paire, à plus de 70,000. Dans les bonnes années les quantités de poudre consommée se sont élevées jusqu'à 400 pouds, et on se rappelle des chasses tellement abondantes que ce même district a pu exporter plus de 120,000 gélinottes et 900,000 peaux de petit-gris dans le courant d'une seule saison.

FIN.

TABLE

—

FIN DE LA TABLE.

Limoges. — Imp. E. ARDANT et Cⁱᵉ